[8]

R.L. STINE

ZOMBIE TOWN

R.L. STINE

ZOMBIE TOWN

Traducción de Francesc Reyes Camps

B DE BLOK

Barcelona • Madrid • Bogotá • Buenos Aires • Caracas • México D. F.
Miami • Montevideo • Santiago de Chile

Título original: *Zombie Town*
Traducción: Francesc Reyes Camps
1.ª edición: mayo 2013

© 2001 Parachute Press
© Ediciones B, S. A., 2013
    para el sello B de Blok
    Consell de Cent 425-427 - 08009 Barcelona (España)
    www.edicionesb.com

Publicado originalmente en los Estados Unidos por Amazon Publishing 2012.
Esta edición se publica por acuerdo con Amazon Publishing.

Printed in Spain
ISBN: 978-84-15579-43-4
Depósito legal: B. 8.426-2013

Impreso por Bigsa
Av. Sant Julià 104-112
08400 - Granollers

¿Piensas en los zombis cuando te vas a la cama? ¿No te dejan dormir? ¿Oyes ruidos ahí fuera, más allá de la ventana, cuando ya es muy de noche y te imaginas que los muertos salen arrastrándose de sus tumbas y caminan... caminan con paso vacilante y avanzan hacia tu casa para atraparte, para sorberte los sesos y para comerse tu carne?

No, eso a ti no te preocupa, y a mí tampoco, no creas... O por lo menos no me preocupa durante la mayor parte del tiempo.

Pero cuando iba a la escuela, entre esta y mi casa había un viejo cementerio. Era evidente que el camino se acortaba si pasaba por él, pero nunca lo hacía. Y es que no podía evitar imaginarme esos cuerpos pútridos incorporándose bajo la tierra, esperando ansio-

de agarrarme en cuanto pasara por

...e pensado que, pocos o muchos, habría
...rsona que en ese momento pensara en los
... Los zombis han protagonizado centenares de
...rias, y poemas, y libros, y películas, y programas
...televisión... Y así hemos llegado al momento pre-
...ente, con los zombis en la cumbre de su popularidad.

¡Sí, los muertos vivientes están viviendo la vida más
que nunca! Mires donde mires, te los encuentras con los
brazos extendidos hacia delante, ¡hambrientos de carne
humana, de carne fresca! Los zombis incluso podrían
ganar un concurso de popularidad contra los campeo-
nes de siempre en el tema del horror: los vampiros.

Sabemos que hace más de dos mil años la gente escri-
bía poemas sobre los muertos que volvían a la vida.
Cuando así lo hacían, los muertos dejaban de ser simpá-
ticos. Eran muy malos, y tenían un hambre feroz... Como los zombis que vemos en las películas y en la tele.

Siempre me ha gustado leer libros sobre esos gue-
rreros tan fuertes a los que se conoce como vikingos.
En los tiempos de los vikingos se escribían leyendas
sobre personas muertas llamadas *draugrs*. Esos personajes se levantaban de sus tumbas como volutas de
humo. Luego adquirían apariencia humana y se hacían
tan grandes como querían.

Algunos *draugrs* se hacían tan grandes como bue-

yes. El hecho de estar muertos no los hacía más débiles. Tenían una fuerza sobrehumana. Y, siempre según las leyendas, el olor también era algo excepcional: ¡Apestaban!

Mi fiesta favorita es Halloween. ¿Sabías que Halloween empezó porque hace mucho tiempo la gente creía que un día al año, al final de la cosecha de otoño, los espíritus volvían a recorrer la tierra? Y por este motivo la gente llevaba máscaras: de este modo los espíritus no podían reconocerlos.

Así que en el próximo Halloween, cuando te pongas la máscara quizá quieras dar las gracias a los muertos vivientes. Si la gente supersticiosa no hubiera tenido tanto miedo a los zombis, ¡nos habríamos quedado sin golosinas!

Los zombis más terroríficos que he visto nunca son los de la película de George A. Romero, *La noche de los muertos vivientes*. El eslogan de la película decía: «¡No permanecerán muertos!» Los zombis de esta película eran un ejército, docenas y docenas de horribles muertos vivientes que avanzaban tambaleándose, desesperados por capturar a humanos vivos y por devorarles tanto los sesos como la carne.

La sorpresa del público se captaba en el silencio. Las películas de terror no eran ninguna novedad; de hecho, existen desde que existe el cine. Pero los zombis horribles y en descomposición de esta película eran

demasiado reales. Los adultos acababan gritando. Los niños lloraban.

Sí, la gente podía estar alterada, pero los zombis habían llegado para quedarse. Se han filmado seis películas de muertos vivientes, y en docenas de otras películas y programas de televisión los muertos vuelven para tambalearse y gruñir y saciar el hambre infinita que sienten.

Muchos de esos zombis se han abierto paso, tambaleantes, hasta llegar a *Zombie Town*. La idea para este libro se me ocurrió cuando estaba sentado en la platea de un cine a oscuras.

Mi mujer Jane y yo vivimos en Nueva York. Un día fuimos a ver una película en un cine que era enorme. Uno de esos antiguos, en los que caben centenares de personas, y con un anfiteatro en el que caben todavía centenares más.

Jane y yo nos sentamos en una fila central y esperamos a que la película empezara. Mirábamos el telón rojo que tapaba la pantalla mientras hablábamos y compartíamos un cubo de palomitas.

Al cabo de un rato experimenté una sensación curiosa. Me volví y comprobé que detrás no teníamos a nadie. Miré hacia todos los rincones y me di cuenta rápidamente de que éramos las dos únicas personas en la sala. Ese cine enorme hubiera estado vacío de no ser por Ana y por mí.

Se cerraron las puertas. La luz disminuyó. El cine quedó completamente a oscuras. La cortina chirrió sobre su riel antes de empezar a descorrerse.

Sentí un escalofrío en la base del cráneo. Estar a solas en la oscuridad de ese inmenso local empezaba a asustarme. Mi imaginación se desbocó y empecé a hacerme preguntas espantosas...

«¿Por qué somos los únicos aquí? ¿Se trata de una trampa de algún tipo?»

«¿Qué haremos si las puertas están cerradas? ¿Qué haremos si nos hemos quedado encerrados aquí?»

«Está demasiado oscuro, y este silencio también es excesivo. Algo horrible de verdad está a punto de suceder.»

Y ahí es donde empieza el libro. Con dos chicos, Mike y Karen, encerrados en un cine oscuro... Y sí, algo horrible de verdad está a punto de suceder.

Que te diviertas.

R L Stine

CAPÍTULO 1

—¿Lo ves, Mike? En cualquier momento se va a poner a llover a cántaros —dijo Karen—. Nos vamos a empapar.

Yo estaba sentado en los escalones de la entrada de casa y miré hacia el cielo. Por encima de nosotros se cernían oscuros y bajos nubarrones. Los truenos retumbaban en la distancia.

Suspiré. ¿Por qué no nos había tocado un día soleado?

—No se puede decir que haga un día demasiado bueno para el *skateboard* —dijo Karen.

—Tienes razón —reconocí—. ¿Qué te parece entonces? ¿Nos quedamos aquí y jugamos al *Diablo III* con mi nuevo portátil?

—¡Pero si ya hemos jugado ochocientas veces, por lo menos! —dijo ella, quejosa. Y agarrándome el brazo añadió—: ¡Vamos, Mike! ¡Tenemos que ir!

Volví a suspirar. Karen es mi mejor amiga. Vive al otro lado de la calle, y los sábados casi siempre salimos juntos. Como hoy no podíamos salir con la tabla, teníamos que decidir qué íbamos a hacer.

Aunque en realidad yo era el único que intentaba decidirlo. Karen ya sabía lo que íbamos a hacer.

Quería ir a ver *Zombie Town*.

Zombie Town es una película de terror. Una película de terror horrible sobre un montón de repugnantes zombis hambrientos de carne humana que invaden una ciudad entera. Nadie escapa. Los zombis se comen a casi todo el mundo. Y los que sobreviven también van convirtiéndose en zombis, uno tras otro.

En el instituto todo el mundo se muere por ver *Zombie Town*. Todo el mundo menos yo.

La verdad es esta: odio las pelis de terror. Si veo una, por la noche tengo pesadillas. ¡Si veo una, tengo pesadillas incluso de día! Me da cierta vergüenza. A ver si me entendéis, tengo doce años, así que esas películas no deberían afectarme tanto, ¿no es así? Pero no puedo evitarlo.

—¿Vamos, entonces? —preguntó Karen—. Venga, Mike, a ver qué tal es la película.

—Estoy seguro de que da mucho asco —le recordé—. Tantos y tantos zombis descompuestos que se comen a la gente y les sacan las tripas...

—¡Qué pasada! —dijo ella, riéndose.

¿«Qué pasada»? Solamente Karen podía decir algo así, pensé. Porque no le tiene miedo a nada.

—¡Por favor, Mike! —me rogó Karen—. ¡No te rajes! ¡Todo el mundo sabe que no hay nada como los zombis!

Intenté pensar en otras cosas que podía empezar a hacer. ¿Tal vez recoger con el rastrillo las hojas del señor Bradley, el vecino? No, que enseguida se iba a poner a llover. ¿Jugar con Zach, mi hermano pequeño? ¡Uuuf! ¿Ir a la compra con mamá y papá? ¡Menudo aburrimiento! ¿Ordenar mi cuarto? ¿Tan desesperado estaba?

Pero es que de verdad, de verdad de la buena: no quería ver esa película. Y claro está, tampoco quería pasar por miedica.

—De acuerdo, vamos —dije por fin—. Pero las palomitas corren de tu cuenta.

—¡Hecho! Nos encontramos en la parada de autobús dentro de diez minutos.

Karen corrió para cruzar la calle y yo me metí en casa para informar a mis padres de los planes que teníamos. Podía sentir que me estaba poniendo nervioso. ¡Y eso sin ni siquiera haber salido de casa, todavía!

«¡Contrólate!», pensé.

Después de todo, había pasado más de un año desde que había visto la última película de terror.

«Quizás ahora que tengo doce podré soportarlo mucho mejor...»

Quizá.

Si no hubiera cedido...

Si me hubiera quedado en casa...

CAPÍTULO 2

No había pasado ni media hora cuando Karen y yo bajábamos del autobús en la parada del centro comercial. Corrimos bajo la lluvia hasta los multicines del otro lado de la calle. Un gran cartel en el muro exterior mostraba a un zombi de ojos inyectados en sangre y boca abierta de par en par. De entre sus dientes podridos colgaban pellejos humanos.

Sentí que el estómago se me revolvía.

—Olvida eso de las palomitas para mí —gruñí.

Pagamos las entradas. Karen se compró un cubo gigante de palomitas con mantequilla. Y luego entramos en el cine. La sala estaba vacía.

—¡Qué raro! —dije mientras bajábamos por el pasillo—. ¿No era un éxito, esta película? ¿Dónde está la gente?

—¡Genial! —dijo Karen tomando posesión de un asiento en la segunda fila—. Así no tendremos que preocuparnos de si podemos ver por encima de la cabeza de alguien.

—Sí, supongo que tienes razón.

De hecho, a mí no me importaba en absoluto poder ver o no poder ver. De hecho, no quería ver nada. De hecho, tenía la esperanza de que viniera un grupo de jugadores de baloncesto, todo de tíos de por encima de los dos diez, a sentarse frente a nosotros.

Pasaron un par de minutos. Nadie vino a sentarse frente a nosotros. Nadie entró siquiera en la sala.

Inspeccioné los alrededores. No vi más que una fila tras otra de asientos vacíos. «No es que sea raro —pensé—. Es que ya pasa de castaño oscuro.»

Fue entonces cuando lo oí. Un crujido tenue. Pero luego el crujido se hizo más intenso.

Di un bote cuando oí un estruendo.

—¿Qué... qué ha sido eso? —cacareé.

—¡Lo veo! —gritó Karen—.¡Lo veo, allí! ¡Un zombi! ¡Corre, corre, por lo que más quieras! ¡Sálvate!

—¿Dónde? —sollocé—. ¿Dónde?

Y ella se echó a reír.

—Tranquilo, Mike. Era la puerta al cerrarse, nada más que eso.

Miré por encima de mi hombro, hacia atrás. Karen tenía razón. Alguien había cerrado la puerta. Ahora la

sala estaba todavía más oscura. Me eché hacia atrás, hundiéndome en el asiento.

—Somos los únicos en el cine.

—¿Y qué? —preguntó Karen.

—¿Y qué? ¡Pues que no tiene ningún sentido! —grité—. Hemos venido a ver la película más taquillera de la temporada. Y somos los únicos en el cine. ¿Dónde está todo el mundo?

—¿Qué más te da? —Karen se echó un buen puñado de palomitas mantecosas a la boca—. Es genial que no haya nadie —masculló antes de empezar a masticar otro puñado de palomitas—. Todo el cine para nosotros.

Yo no quería todo el cine para nosotros. No quería estar allí, y punto.

—Tengo un presentimiento horrible, Karen. Me parece que hemos...

—¡Calla, que empieza la película! —me susurró.

Las luces se apagaron completamente. Tras unos segundos, algunas sombras empezaron a desplazarse por la pantalla. Unos misteriosos lamentos, muy suaves, empezaron a oírse por los altavoces.

«¿Sin anuncios? —pensé—. ¿No ponen ningún tráiler de otras películas? ¿Qué está ocurriendo aquí?»

Y luego oí voces. Voces de chico.

La pantalla se iluminó un poco más. Tres chicos que tendrían mi edad caminaban por un parque, entre

risas y bromas. A uno de ellos se le caía la mochila. Papeles y cuadernos se esparcían por el suelo. Los chicos se detenían para recogerlo.

El lamento aumentó de volumen, pero los chicos no parecían darse cuenta. La cámara se desplazaba hacia unos matojos que tenían a sus espaldas.

El corazón empezó a desbocarse en mi pecho.

Los matojos se agitaban. Una mano echaba a un lado las ramas. Una mano humana, con uñas largas y rotas, además de sucias. Sucias de tierra oscura.

Tierra oscura: la de la tumba.

Di un respingo cuando una cara feísima asomó por detrás de los matojos. Y luego otra. Y luego otra más.

Esas caras eran de piel verde. Y una de ellas tenía mugre por toda la nariz. Empezaban a mirar hacia los chicos cuando me di cuenta de algo.

No era que la nariz estuviera sucia. Ocurría simplemente que no había nariz. El zombi tenía un agujero abierto y negro en medio del rostro.

«No es más que maquillaje —me esforcé en recordar—. ¡No es más que una película!»

Los zombis empezaron a soltar gruñidos.

Soltaban gruñidos hambrientos.

Karen se inclinó hacia mí.

—Prepárate —susurró—. Están a punto de comerse a las primeras víctimas. Ya sabes, tienen que seguir comiéndose a la gente si quieren seguir viviendo.

—No me lo recuerdes —susurré, agarrado a los brazos de mi asiento.

Los zombis echaron a un lado los matojos y avanzaron por el espacio abierto. La cámara se acercó al rostro del zombi sin nariz.

Mientras miraba hambriento hacia los chicos, uno de los ojos se le desprendió y salió de su cuenca.

Se me revolvió el estómago. «¡Tío! —pensé—. ¿Por qué habré dejado que Karen me enredara para venir aquí?»

En la pantalla, los chicos volvían la cabeza. Los ojos se les agrandaban por el terror. Los zombis se lanzaban sobre ellos, entre aullidos y haciendo restallar los labios hinchados y pútridos.

Sabía lo que venía después. Y no quería verlo. En cuanto los chicos se pusieron a gritar, cerré los ojos con fuerza.

Un grito desgarrador retumbó.

Estaba a punto de taparme los oídos, pero el grito se detuvo de pronto. Se oyó entonces como un chisporroteo, como si un trozo de plástico restallara en el viento.

Abrí los ojos, solo un poquito.

¡Vaya! La pantalla estaba a oscuras.

Miré a nuestro alrededor.

Aparte de la señal roja que señalaba la salida, todo lo demás estaba a oscuras.

A oscuras y en silencio.

Oscuridad absoluta.

Silencio absoluto.

CAPÍTULO 3

—¡No puede ser! —exclamó Karen—. ¡Es increíble!

—¿Qué? —pregunté—. ¿Qué ocurre?

—¿No has oído esos chasquidos? —me contestó—. Era la película, que se ha salido. En fin, que el proyector se ha estropeado.

—¡Oh, vaya! ¡Qué pena! —mentí, cuando secretamente me sentía aliviado: no, no iba a tener que ver el resto de la película—. Bueno, pues entonces será mejor que nos vayamos.

—¿Pero qué dices? ¡Si la película acaba de empezar! —dijo Karen—. Ahora lo arreglarán. Espera y verás.

Karen se recostó en su asiento y siguió masticando las palomitas. Yo mantenía los dedos cruzados para

que alguien anunciara que la película había quedado hecha trizas.

Pasaron un par de minutos.

—¡Oiga, proyeccionista! —gritó Karen—. ¿Cuánto tardará en volver a empezar la película?

No hubo respuesta.

Nos incorporamos para volvernos sobre nuestros asientos y miramos arriba, hacia la cabina de proyección, allá, en lo alto del anfiteatro. La cabina estaba vacía.

Lo mismo que aquella sala.

—El proyeccionista tiene que estar por ahí fuera —dijo Karen poniéndose en pie—. Vamos a echar un vistazo.

Subimos por el pasadizo, hacia la puerta. Empujé la barra.

La puerta no se abrió. Empujé con más fuerza. No. Seguía sin abrirse.

—Está bloqueada —gemí.

Karen apoyó el hombro en la puerta y empujó. Yo empujé la barra.

Ninguna reacción.

—No es que esté bloqueada. ¡Es que está cerrada! ¡Con llave! —grité. Di unos puñetazos sobre la superficie de la puerta—. ¡Eh! ¿Hay alguien ahí? ¡Eh! ¡Estamos encerrados! ¡Déjennos salir!

Esperamos unos segundos. No pasó nada. Volví a golpear y a gritar, pero nadie vino.

—Esto ya no es tan genial —declaró Karen.

—Ya. —Me volví y miré hacia las filas de butacas vacías. El corazón me latía fuerte, tenía la boca seca—. ¿Cómo puede ser que nadie venga a abrir la puerta?

—No lo sé. —Karen miró alrededor—. Pero no estamos encerrados, Mike. Siempre podemos salir por la puerta de emergencia —añadió, señalando pasillo abajo.

Miré hacia el rótulo rojo de la salida de emergencia. ¡Sí! Cuanto antes saliéramos de allí, mucho mejor para todos.

Corríamos pasillo abajo cuando Karen tropezó con la pata de una butaca. El cubo de palomitas salió volando, y su contenido rodó pasillo abajo, como una avalancha.

—Ahí van cuatro dólares echados a perder —se quejó—. Pues voy a pedir que me lo llenen otra vez, y gratis.

—¿Pero quién va a dártelo? —pregunté—. ¿No ves que no hay nadie?

—¡Pues alguien tiene que haber! —afirmó, rotunda—. Será que todos se han ido al mismo tiempo a comerse un bocadillo, o algo así.

«Quizá tenga razón», pensé. Pero en cualquier caso, no me importaba. Una vez que estuviéramos fuera, yo me iba a casa. Karen podía quedarse a ver la película, si tenía ganas, pero lo haría a solas. Que me llamara gallina, si quería. No me importaba.

Llegamos a la parte inferior del pasillo. Fui hacia la puerta de emergencia y empujé fuerte, con las dos manos.

No ocurrió nada.

Karen se unió a mí. Empujamos los dos. Y luego probamos tirando de la puerta.

La puerta ni se inmutó. Seguía cerrada.

El corazón volvía a latirme con fuerza, acelerado. «¡Estamos atrapados!», pensé.

Alguien nos había encerrado. Pero... ¿por qué?

CAPÍTULO 4

—¿Qué...? ¿Qué vamos a hacer? —balbuceé.

Me temblaban las piernas, de modo que me dejé caer en el asiento más próximo.

—Calma —dijo Karen—. No pasa nada, de verdad... —Tragó saliva antes de añadir—: Aunque reconozco que es un poco inquietante.

—¡No me digas!

Me recosté en el asiento y miré hacia todos los rincones. No podía ver nada que no fueran asientos vacíos. No podía oír nada que no fuera mi corazón desbocado.

—¡Holaaaa! —gritó de pronto Karen—. ¡Estamos encerrados aquí! Si se trata de una broma, no tiene ninguna gracia. ¡Dejadnos salir!

Nadie respondió. Cuando cesaron los ecos de la voz de Karen el cine volvió a quedar en silencio.

«Tenemos que salir de aquí —pensé—. ¡Tiene que haber una manera de salir!» Volví a mirar arriba, hacia la pantalla en blanco.

—Volvamos hacia allá, tras la pantalla —sugerí—. Quizás encontremos otra puerta de emergencia.

«Quizás incluso encontremos un teléfono», pensé. Estaba absolutamente dispuesto a llamar al 911.

Saltamos al polvoriento escenario y tiramos de uno de los extremos de la pantalla. En cuanto nos metimos por ese espacio, un olor asqueroso y putrefacto nos subió hasta las narices.

—¡Uuuf, qué asco! —exclamó Karen—. ¿Qué puede ser esto?

—¡No lo sé! —farfullé, tapándome la boca y la nariz con las manos—. ¿Huevos podridos, tal vez?

—¡Ayyy...! Me parece que voy a vomitar... —gimió Karen, con la tez de un color cercano al verde.

—¡Aguanta hasta que estemos fuera! ¡Mira!

Señalé al otro lado del escenario, a una puerta sobre la cual había otra de esas luces rojas en las que pone «Salida».

—¡Fantástico! —gritó Karen—. Vamos, salgamos de aquí antes de que vomite.

Empezamos a caminar hacia la puerta, pero estábamos a mitad del escenario cuando oí algo.

Era como el sonido de unos pies arrastrándose sobre el suelo polvoriento de madera. Luego oí como un

resuello, que iba y venía. Adentro y afuera. Adentro y afuera.

Agarré por el brazo a Karen. El resuello otra vez.

—¿Lo has oído? —pregunté.

—Probablemente sea la pantalla, que oscila después de que hayamos pasado —me contestó, forcejeando para que le soltara el brazo.

—No, espera. Hay algo más —susurré—. ¡Escucha!

Karen me dirigió una mirada de preocupación. Empezó a decirme algo, pero yo levanté la mano para hacerla callar.

En el silencio, volví a escuchar aquel resuello. Adentro y afuera. Cada vez más fuerte. Más y más fuerte.

—¡Unnnh...! ¡Uunnnh!

Se me pusieron los pelos de punta. Los ojos de Karen se abrieron desmesuradamente.

—¿Qué ha sido eso? —susurró.

Sacudí la cabeza.

—¡Uunnnh!

Ese ruido espantoso se acercaba. Volvimos a escuchar el resuello.

Y entonces, lentamente, emergió de entre las sombras cercanas a la puerta una figura. La luz roja de la «Salida» tenía un efecto espeluznante al iluminar su cara.

—¡Nooooooo! —aulló Kate.

Mis dientes empezaron a entrechocar entre ellos. No podía hablar.

Un zombi nos miraba desde el otro lado del escenario.

Un zombi. Uno de piel verde y con una expresión atormentada y hambrienta en los ojos. No, en los ojos no... ¡En el ojo! El otro le faltaba. Y cuando aquel cadáver viviente empezó a volverse, pude ver que también le faltaba la mitad de la cara. Como si alguien le hubiera arrancado la piel del lado derecho.

—¡Karen! —dije, ahogando un grito—. Es... ¡Es uno de los zombis de la película!

—¡La boca! ¡Mírale la boca! —gritó.

—¿El qué...?

—¿No ves lo que tiene entre los dientes?

Me obligué a mirar la boca del zombi. Algo plateado brillaba entre dos dientes podridos.

Una hebilla.

Había visto esa hebilla antes. En la película. En la mochila que se le había caído al chico justo antes del ataque de los zombis.

Esa hebilla... ¿Era eso todo lo que había quedado del chico?

¿Todo lo demás se lo había comido el zombi?

¡Pero eso era en una película! Me lo repetía. ¡No podía ser real! ¡No era real!

Las rodillas empezaron a temblarme de nuevo. Las oleadas de escalofríos me recorrían la espalda sin cesar.

El único ojo del zombi se deslizó desde el interior de su cuenca hasta depositársele en la mejilla.

La horrible criatura soltó un alarido. El respingo que dimos Karen y yo nos hizo retroceder, gritando.

El zombi levantó la cabeza. El ojo nos miraba. Entonces la criatura levantó los brazos medio podridos y se tambaleó para dar un paso.

—¡Uunnnh! ¡Unnnnnnnnhh!

—¡Karen...! ¡Karen...! —susurré—. ¡Viene por nosotros!

CAPÍTULO 5

Karen se quedó inmóvil a mi lado.

Yo quería correr. Pero mis piernas no ayudaban.

Ese olor tan agrio se apoderaba de todo a nuestro alrededor.

La hebilla plateada brillaba en los dientes torcidos del zombi.

Tiré de la manga de Karen.

—¡Vamos! —grité—. ¿No recuerdas lo que decías? Tienen que seguir comiéndose a la gente para seguir vivos. ¿Ves a alguien más aparte de nosotros por aquí?

—¡No me lo puedo creer! —murmuró Karen—. Esto no es real.

El zombi volvió a tambalearse dando un paso y lanzó un nuevo aullido. Un aullido grave, hambriento.

—Así que los zombis no existen, ¿verdad? —le susurré a Karen.

—¡No lo entiendo! —sollozó Karen—. Es que no lo entiendo. ¿Cómo puede ser que esa cosa haya salido realmente de una película?

—¡No lo sé! —dije mientras saltábamos desde el escenario—. Pero ha salido, y viene por nosotros.

El zombi volvió a aullar.

—Por lo menos son bastante lentos de movimientos —me dijo Karen—. Podemos dejarlos atrás con mucha facilidad.

—¿Dejarlos atrás? —dije, recordando algo muy importante de pronto—. ¡Pero si las puertas están cerradas!

Karen me miró. Por primera vez, parecía realmente aterrorizada.

—Yo... Lo había... ¡Lo había olvidado!

Me volví al oír un nuevo lamento. La pantalla del escenario se estremecía. Finalmente, mientras yo la miraba horrorizado, una larga raja apareció en la parte central, por abajo. ¡El zombi la desgarró completamente!

Cuando asomó su cara, buscándonos en la oscuridad, tanto Karen como yo soltamos un chillido.

—¡No podemos quedarnos aquí! —grité—. Tenemos que volver a probar con la puerta. ¡Vamos!

Empezamos a correr, pasillo arriba.

Y nos detuvimos para gritar, aterrorizados.

Otro zombi nos esperaba en el extremo superior del pasillo.

Era un zombi con un agujero oscuro en el lugar que en principio correspondería a la nariz.

Y había un tercero que se arrastraba sobre los asientos de la derecha, agarrándose a la tapicería acolchada con uñas mugrientas.

—¡No, no! —sollozaba Karen.

—¡La película! —grité—. ¡Los tres se han escapado de la película!

Karen me agarró por el brazo.

—¡Vuelve a contar, Mike! —susurró.

Me volví y vi que un cuarto zombi con ojos inyectados en sangre se arrastraba por encima de los asientos de la izquierda. Una mano humana se balanceaba entre sus dientes.

Los aullidos voraces se sucedían a nuestras espaldas. Cuando quisimos averiguar qué sucedía, lo que vimos nos cortó la respiración.

El zombi al que le faltaba el ojo se había plantado en la parte delantera del escenario.

Pero ya no estaba solo allí arriba...

Al menos otros diez zombis se habían unido a él.

Diez zombis hambrientos más, pensé, con la cabeza llena de ideas terroríficas, electrizado por el terror. Esos zombis necesitaban carne humana para permanecer vivos.

¡Necesitaban nuestra carne!

Llegamos a toda prisa a la primera puerta de salida y aprovechando el impulso la empujamos con los hombros.

Seguía cerrada.

Corrimos por el pasillo lateral hacia la puerta trasera.

Seguía sin poder abrirse.

—¡Unnh! ¡Unnnnh!

Los zombis saltaron desde el escenario. Se arrastraban, se tambaleaban, gruñían, mientras nos perseguían.

«No importa que sean tan lentos —pensé—. No podremos escapar. Podemos huir durante horas y horas, pero al final nos atraparán.»

Miré horrorizado la mano —¡la mano de alguien!— que colgaba de la boca del zombi.

Al final nos atraparían, lo sabía.

Y entonces se nos comerían.

CAPÍTULO 6

«¡Tiene que haber otra salida!», pensé con desesperación. Miré a mi alrededor, y de pronto lo recordé.

—¡El anfiteatro! —grité—. ¡Vamos!

Agarré a Karen y tiré de ella hasta que encontramos las escaleras del anfiteatro. Subimos a trompicones, hasta lo más alto.

Unas cortinas de terciopelo negro cubrían la pared posterior.

Pero solamente había cortinas. Puerta, ninguna.

Por debajo de nosotros, los zombis gemían y aullaban.

Me volví para mirar allá abajo, a ver qué hacían. Comprobé que se dirigían hacia las escaleras que acabábamos de emplear. Luego los perdí de vista.

Pasaron un par de segundos. Y entonces oí aquellos pasos. Pesados. Secos. Cada vez más cercanos.

Karen me tiró de la manga.

—¡La cabina de proyección!

Nos deslizamos a lo largo de la pared trasera hasta la pequeña cabina acristalada en su parte anterior. Agarré la manilla de la puerta y la empujé hacia abajo.

La manilla se rompió, y me quedé con ella en la mano.

Oía a los zombis. Seguían subiendo. Se acercaban. Aullaban, hambrientos.

Hambrientos de carne humana.

Empujé la puerta con el hombro. Nada. Insistí. La puerta vibraba, pero no se abría, por fuerte que le diera.

Karen gritó. Tropecé y caí hacia atrás, al suelo. Volvió a gritar, y señalaba, señalaba algo con la mano extendida...

Un zombi había llegado a lo alto de las escaleras. Los labios le colgaban, abiertos. Con aquella mueca nos mostraba el negro moho que le cubría los dientes.

Más zombis se iban acumulando detrás de él. Nos miraban, hambrientos, sin dejar de gruñir, husmeando sin cesar.

Empezaron a avanzar tambaleándose hacia nosotros.

—¡Ay, ay, ay! —Las piernas no me aguantaban, y no podía controlar los estremecimientos de mi cuerpo—. ¡No podemos ir a ninguna parte! ¡Estamos atrapados!

—Atrapados... —murmuró Karen—. Estamos atrapados...

CAPÍTULO 7

Los zombis seguían avanzando. Daban bandazos, con los ojos famélicos fijos en nosotros. Aquel olor agrio y descompuesto nos rodeaba. Gruñían y rugían, con esa voz profunda y gutural de los muertos vivientes.

El pánico se me acumulaba en la garganta. Las manos se me crispaban en puños cerrados. Miré hacia mi regazo y comprobé que todavía tenía en la mano la manilla de la puerta.

No sé de dónde saqué el coraje para hacerlo. Ni siquiera fue un acto voluntario. Simplemente, pasó.

El de los dientes mohosos dio un paso vacilante más. Yo eché el brazo hacia atrás y le lancé la manilla en toda la cara.

El ruido que hizo la manilla al impactar fue de-

sagradable, como viscoso, y desprendió un cacho de carne verdosa.

—¡Uaaahh! —aulló el zombi, llevándose la mano a la mejilla desgarrada.

Los demás gritaron también, rabiosos, agitando aquellos cuerpos arriba y abajo, como grotescos muñecos.

—¿Por qué has hecho eso? —berreó Karen—. Has... ¡Has conseguido que se pongan todavía más nerviosos!

—¿Y qué más da? —le grité—. De todos modos no podemos sacárnoslos de encima, ¿no lo ves?

Efectivamente, aquellos zombis aulladores y rugientes se acercaban cada vez más.

Karen y yo retrocedimos, pero enseguida chocamos contra la pared posterior. No teníamos escapatoria.

Nos apretamos contra las gruesas cortinas. Cerré los ojos. Aquel olor a zombi me ponía enfermo. Aquellos aullidos horribles me chirriaban en los oídos.

Se oyó un fuerte chasquido.

¡Y la pared cedió!

—¡Eeepa! —grité mientras Karen y yo caíamos hacia atrás. Nos quedamos tendidos sobre el suelo, en un amasijo de cortinas de terciopelo.

—¡Una puerta! —gritó Karen, debatiéndose para liberarse de las cortinas. Al fin se puso en pie—: ¡Otra salida de emergencia!

Miré hacia atrás a través de la puerta abierta. Un

zombi me miraba con un ojo. La cuenca del otro rezumaba un moco amarillo.

Los otros zombis se iban amontonando detrás de él.

Karen y yo echamos a correr para bajar por las escaleras, hacia el vestíbulo.

«¡Por favor! ¡Que las puertas de entrada estén abiertas! —pensaba mientras avanzaba por la resbaladiza superficie de la planta inferior—. ¡Por favor!»

Nos apoyamos con fuerza sobre las barras metálicas... ¡y las puertas se abrieron!

Cuando surgimos en la acera, Karen resbaló en un charco que había formado la lluvia. Cayó sobre las manos y las rodillas y se dio un buen golpe.

—¡Levántate, rápido! —le grité al tiempo que la agarraba por el brazo e intentaba ayudarla a levantarse.

Karen miró hacia atrás, por encima del hombro, hacia el cine.

—¡Rápido! —repetí.

Finalmente pudo incorporarse. Pero una vez estuvo en pie, no se movió. Seguía mirando hacia el cine, con una expresión intrigante.

—¿A qué esperas? —pregunté, desgañitándome.

—Nada, nada... Estoy pensando —me respondió.

—¡Vaya, qué bien! ¿Y por qué no piensas en salir pitando de aquí?

Volví a agarrarla por el brazo y tiré de ella para obligarla a cruzar la calle.

—No estoy tan segura de que tengamos que apresurarnos —dijo Karen, señalando hacia el cine—. Fíjate, Mike: el vestíbulo sigue vacío.

—¿Y qué? Los zombis son lentos al moverse, ¿no lo recuerdas?

—Son lentos, pero no tanto. —Karen miró hacia el cine, y luego me miró a mí, antes de echarse a reír.

—¿Te has vuelto loca? —chillé—. ¿Se puede saber de qué te ríes?

—¡Los zombis! —exclamó—. ¡Me lo he imaginado todo, Mike!

—¿Cómo?

—Me lo he imaginado todo —dijo Karen.

CAPÍTULO 8

—Sabía que no podían ser reales —me dijo—. Y al final resulta que no era más que un truco. Un montaje publicitario para la película o algo así. Los zombis eran falsos.

—Pero... Pero... ¡Olían fatal! —me quejé—. ¡Yo los olía! ¡Nunca podré olvidar ese pestazo! ¡Y tú también has visto lo reales que eran!

—Eran los disfraces —me respondió—. Disfraces rociados con algún olor desagradable, y ya está. —Volvió a señalar hacia el otro lado de la calle, hacia el cine—. ¿No ves que el vestíbulo sigue vacío?

Miré hacia donde señalaba Karen, al otro lado de las puertas de cristal. Tenía razón.

—Si los zombis hubieran sido reales, ahora mismo ya habrían bajado las escaleras —afirmó.

—¿Y qué me dices de las puertas bloqueadas? —le insistí—. ¿Y cómo puede ser que fuéramos los únicos en la sala? ¿Qué ha pasado con el que vendía las entradas, o con el de las palomitas?

—Todo eso debía de ser parte del montaje. No hay ninguna otra explicación —insistió Kate—. ¡Es algo que cae por su propio peso! Todo el mundo sabe que los zombis no existen.

Yo seguía mirando hacia el vestíbulo. Los zombis seguían sin aparecer. ¿Estaría Karen en lo cierto?

—Ha estado muy bien —dijo Karen, echándose a reír otra vez—. La verdad es que estaba asustadísima. Han conseguido que nos lo creyéramos, ¿verdad?

La verdad era que yo no sabía qué pensar. Los zombis me habían parecido de lo más reales. El corazón seguía latiéndome muy deprisa, y tampoco se me había pasado el tembleque de las manos. Lo único que deseaba era llegar a casa, y rápido.

Miré calle abajo. El autobús llegaba, estaba dos manzanas más abajo. Cuanto antes saliera de allí, mucho mejor.

El autobús avanzaba con estruendo en nuestra dirección. Se metió en un bache y se desplazó hacia un lado, de modo que faltó poco para que se llevara por delante una farola.

—¡Vaya! —gritó Karen—. ¡Ese trasto va realmente deprisa!

Las ruedas chirriaron cuando el autobús volvió al centro de la calzada. Levanté los brazos para indicarle que parara, pero el conductor no frenó. Tocó la bocina y luego agarró el volante con ambas manos y siguió avanzando a toda velocidad hacia nosotros.

El autobús se acercaba más y más. El motor rugía. El autobús volvió a pillar un bache y volvió a desplazarse hacia un lado.

Las luces de los faros nos deslumbraron. Horrorizado, me di cuenta de lo que iba a suceder.

—¡Salta, Karen! —grité—. ¡Se nos viene encima!

CAPÍTULO 9

Agarré a Karen y la alejé del bordillo. Me lancé contra la pared de ladrillo de la tienda que teníamos detrás de nosotros.

Sonó la bocina. Los neumáticos chirriaron. Una gran cantidad de agua acumulada en la calzada cayó sobre nosotros cuando el autobús pasó en un destello.

Estábamos empapados. Me restregué los ojos y miré hacia el autobús, que en ese momento giraba aparatosamente por otra esquina.

—¿Pero qué le pasa a ese tío? —bramé—. ¡Está como una cabra!

—Quizás el acelerador se le haya bloqueado o algo así —dijo Karen al tiempo que sacudía la cabeza, salpicándome todavía más—. Me da que tendremos que volver a casa a pata.

—¿Qué dices? —le contesté—. Estoy mojado y me muero de frío. ¿Sabes lo que haremos? Llamaré a mi madre y le diré que venga a buscarnos con el coche.

—Sigues preocupado por los zombis, ¿verdad? —dijo Karen, burlona—. Pero mira, Mike, mira hacia el vestíbulo. Allí no hay nadie.

—Vale, vale. —Lo que afirmaba era verdad, pero no venía a cuento—. Yo lo que te digo es que no quiero caminar. Venga, busquemos un teléfono público.

La zapatillas nos rechinaban mientras avanzábamos en dirección a un Kwik-E-Mart que había en el centro de la manzana siguiente. Ya no llovía, pero a nosotros nos daba exactamente igual, porque estábamos calados hasta los huesos.

Seguía mirando hacia atrás de vez en cuando, para comprobar si veía a más zombis. Y cada vez que lo hacía, Karen se burlaba de mí. Pero no podía evitarlo. Todo aquel montaje me había aterrorizado de verdad.

Y eso siempre que realmente se tratara de un montaje, claro.

Nos metimos en el Kwik-E-Mart y encontramos el teléfono público justo al lado del mostrador principal. Allí no había nadie. ¿Dónde estaba el dueño?

Dejé que el teléfono sonara diez veces... Dejé que sonara veinte... colgué, y busqué algún reloj por encima del mostrador. Las cinco y media. Tanto mamá

como papá ya deberían estar en casa. Recuperé la moneda y volví a intentarlo.

Sin resultado otra vez.

A continuación lo intenté con el número de casa de Karen. Mientras escuchaba los tonos, me fijé en algo a lo que en principio no había dado importancia.

El cajón de la caja registradora estaba abierto. Un par de los pequeños compartimentos estaban vacíos. Pero desde allí veía unos cuantos billetes de diez, e incluso algunos de veinte.

Eso me extrañó mucho. ¿Por qué iba el dueño a dejar el cajón abierto? Quizá le habían robado y él había corrido a avisar a la policía. Pero, ¡un momento! Si ese era el caso, ¿por qué el ladrón no se había llevado todo el dinero?

El teléfono seguía sonando. Tampoco contestaba nadie en casa de Karen.

En cuanto colgué, oí un zumbido.

—Mike, ven un momento —dijo Karen—. Mira esto.

Crucé al otro lado de la tienda. El zumbido se hizo más fuerte.

Karen estaba frente a la máquina de granizados. El motor estaba encendido, y no dejaba de soltar granizado de cereza. El vaso que había debajo del surtidor ya desbordaba de espeso hielo colorido. Este se extendía por encima del mostrador y caía sobre el piso en grandes grumos rojos.

Miré a nuestro alrededor, de un extremo a otro del establecimiento comercial vacío.

Era extraño.

¿Qué pasaba allí, exactamente?

¿Qué podía haber ocurrido?

¿Dónde estaba todo el mundo?

¿Adónde habían ido todos?

CAPÍTULO 10

—¿Es extraño, verdad? —susurró Karen sin dejar de mirar la masa líquida de color cereza que pringaba gran parte del suelo.

—Sí, y no es lo único extraño aquí —le dije—. Mira la caja registradora. ¿Ves que está abierta?

—¡Vaya! ¡No me lo puedo creer! —dijo ella—. Todo esto es rarísimo.

—¡Ya lo creo! Así que venga, vayámonos de aquí —le dije—. En mi casa no hay nadie. Ni en la tuya tampoco. Tendremos que caminar.

Cuando salimos del Kwik-E-Mart miré calle arriba y calle abajo.

—¡Deja ya de buscar zombis! Me pones nerviosa —dijo Karen—. Eso ha tenido que ser un montaje, Mike. Los zombis no existen en la vida real.

—Quizá. Quizá no —le contesté—. Pero tengo esa sensación en el cogote, como si algo se estuviera arrastrando por ahí detrás.

Karen se estremeció.

—¿Y estás seguro de que no contestaba nadie en casa? En principio mi padre tendría que estar mirando un partido. Y mi madre me había dicho que iba a pasar la tarde entera revisando deberes.

—Pues mis padres también tenían que estar en casa, en principio. —Volví a mirar rápidamente a mis espaldas. Nada—. Pero te aseguro que he dejado que el teléfono sonara un millón de veces.

—Quizás unos y otros han cambiado de planes y al final han decidido salir —aventuró Karen—. Al fin y al cabo, es sábado.

—Precisamente —observé—. ¿Cómo te explicas entonces que no haya nadie en las aceras? ¿Dónde está todo el mundo?

—¡Sí que hay alguien! —Karen señaló por detrás de nosotros. Me volví para comprobarlo.

Un coche avanzaba a toda velocidad por la calle. Cuando pasó por nuestro lado comprobé que dentro iban un hombre y una mujer, con montones de ropa, una mecedora y un televisor.

El coche chirrió al girar por la esquina siguiente y enfilar a escape la carretera que llevaba fuera de la ciudad.

—A esos les van a poner una buena multa por exceso de velocidad —declaró Karen.

—Sí, pero no veo ningún coche de policía por aquí —le dije—. Excepto ese.

Señalé hacia un coche azul que estaba aparcado en el bordillo. De hecho, no se podía decir exactamente que estuviera aparcado. Sus ruedas delanteras estaban sobre la acera. La parte trasera sobresalía en la calzada.

Había otros coches aparcados de las maneras más extrañas. La radio de uno de ellos resonaba a todo volumen a través de la puerta abierta del conductor.

Parecía que los hubieran aparcado allí de forma apresurada... Parecía que luego los hubieran abandonado allí.

Esa sensación tan incómoda en el cogote se me acentuaba más y más.

—¿Qué está ocurriendo aquí? —pregunté, mientras abarcaba con un gesto el espacio a nuestro alrededor—. Mira en todas las casas.

Habíamos entrado en el barrio en el que vivíamos, y las puertas de la entrada principal de casi todas las casas estaban abiertas de par en par. El viento las tenía a su merced, y restallaban.

No salía nadie a cerrarlas.

Allá, en esa casa, un soplador para recoger las hojas se había quedado encendido sobre el césped. Hacía un ruido espantoso.

Nadie iba a apagarlo.

Una moto todoterreno yacía al final de la entrada de una casa, con el motor encendido. El humo negro se elevaba por el aire.

Nadie salía a ver qué pasaba.

—¿Ves lo que te digo? —le pregunté—. No hay nadie en ningún lado.

—Sí. Y es como si todos se hubieran marchado corriendo —dijo Karen, asintiendo.

Sentí que un escalofrío me recorría la espalda. Comprobé que a Karen le temblaba la barbilla.

Eso hizo que me sintiera incluso más nervioso. Al fin y al cabo, allí quien se ponía nervioso y tenía pesadillas era yo, no Karen. Y si Karen estaba asustada, entonces algo iba realmente mal.

Volví a mirar atrás un momento. No había zombis. Pero tampoco había gente.

Corrimos para cruzar la calle, hasta la manzana siguiente. Allí las casas tenían el mismo aspecto: parecía que las hubieran abandonado. Cuando doblamos la esquina de nuestra casa, empezamos a correr.

—No... ¡No te preocupes! —balbuceó Karen—. Esto que nos pasa tiene que tener una explicación.

«Sí, claro —pensé—. ¿Pero cuál?»

CAPÍTULO 11

Nos separamos en cuanto llegamos a nuestra manzana. Karen corrió hacia su casa, y yo crucé la calle para dirigirme a la mía.

El monovolumen estaba aparcado en el camino de entrada. La puerta principal de la casa estaba cerrada. «Bueno —pensé—, mamá y papá están en casa. Ahora podré saber qué está ocurriendo.»

Entré más que deprisa y me planté en el recibidor.

—¡Mamá, papá! —grité—. ¡Ya estoy aquí! ¡Y ahí fuera pasa algo muy raro!

Hice una pausa para recuperar el aliento. ¿Pero a qué venía tanta oscuridad? La luz del recibidor estaba apagada. Y luego... Todas las luces estaban apagadas.

—¿Hola? ¡Mami! —aullé—. ¡Papi! ¿Zach?

Mi voz retumbó en las paredes. Pero nadie respondió.

El corazón me dio un vuelco. Sentí frío, un frío que de pronto me cubría, de los pies a la cabeza.

«Pero tienen que estar en casa —pensé—. El coche está ahí fuera.»

Pegué un respingo cuando oí una voz. Procedía del estudio de la parte trasera de la casa.

«¡Es la tele! Ahí están todos —pensé—. Están viendo la tele en el estudio.»

Me apresuré a atravesar la casa y me asomé a la puerta del estudio.

Allí también estaban apagadas las luces. La única encendida provenía del televisor, que relumbraba en las paredes y producía extrañas sombras en la habitación.

Mis padres y Zach estaban en el sofá. *Zipper*, mi perro, estaba hecho un ovillo en el suelo, frente a ellos.

En la tele un hombre sostenía un frasco de píldoras.

«¡Tenéis que probar las píldoras Extraenergía para darle un nuevo impulso a la vida! —decía, eufórico—. En diez días, los huesos os brincarán más que en los últimos diez años!»

Eso era muy extraño. Mi madre y mi padre nunca miran esa clase de anuncios. Y a Zach solamente le gustan los dibujos animados.

—¡Hola, estoy en casa! —volví a anunciar—. ¿Qué hacéis ahí, sentados en la oscuridad?

Busqué el interruptor al lado de la puerta y encendí la luz. Y la boca se me abrió en un grito de horror absoluto.

CAPÍTULO 12

Me quedé mirando a mi padre. Esos ojos hundidos, esa mandíbula oscilante. Esa piel verde que se le desprendía de la cara.

Los ojos de mi madre se le habían salido de las cuencas y colgaban de hilillos venosos. Tenía los labios muy gruesos, hinchados. En el regazo, unos pelajos: un trozo de cuero cabelludo que le había caído de la cabeza y que al desprenderse había dejado visible el hueso del cráneo.

Zach me miraba con expresión perdida. La mandíbula inferior le colgaba, abierta. Había perdido todos los dientes. Un pus amarillo le goteaba desde la nariz. Le faltaba un pedazo de mejilla, con lo que el hueso mellado que había debajo había quedado al descubierto.

A *Zipper* se le había caído todo el pelo. En vez del

pelaje propio de un perro se había quedado con una piel verdosa, como la de todos los demás.

Zombis. Todos eran zombis.

Cerré los ojos, me los restregué, sacudí la cabeza... «¡No puede ser verdad! —me decía—. Llevan maquillaje. Se han rociado de espray verde. Tiene que ser una broma. Una broma muy pesada.»

—¡Bueno, ya os vale! —dije en un sollozo—. ¡No tiene ninguna gracia!

Nadie respondió.

Y entonces papá levantó muy despacio la mano y se rascó la oreja.

—¡Oooohhh!

Era yo quien había gritado. No lo había podido evitar: ¡la oreja se le había desprendido de la cabeza!

Papá gimió. Recogió la oreja de su regazo con dedos huesudos y verdes y la miró con una expresión de lo más ausente. Tras unos segundos, le lanzó la oreja a *Zipper*, que se la zampó en un momento.

El corazón me palpitaba muy fuerte en el pecho. Se me secó la boca. Me temblaban las piernas.

«¡No es ninguna broma! —comprendí—. ¡Los zombis existen de verdad! No sé cómo, pero la película *Zombie town* se ha hecho realidad.»

¡Y yo estaba viviendo en esa realidad!

Esa era la razón de las prisas del autobús, o de los coches: intentaban escapar.

Por eso no había nadie en el Kwik-E-Mart. El dueño lo había abandonado. Ni siquiera había tenido tiempo de llevarse la recaudación.

Eso explicaba también lo de las casas vacías, con las puertas abiertas. Y los coches abandonados... La moto todoterreno... El soplador de hojas...

Todo el mundo había huido. Todos querían salvar la vida, ¡porque los zombis estaban invadiendo la ciudad!

Pero no todo el mundo lo había conseguido. No, todos no. A algunos se los habían comido.

Y otros se habían convertido en zombis.

Como mi familia.

Zipper gruñó de pronto, interrumpiendo mis pensamientos terroríficos.

Lo miré. Un moho azulado y verdoso cubría ya los dientes del perro, pero seguían pareciendo afilados. Y esos dientes afilados habían hecho presa de un hueso.

Un hueso largo y de cierto grosor, todavía con jirones de carroña colgando.

Sentí que el estómago se me revolvía. ¿Qué era? ¿Un hueso humano?

Volvió a gruñir, hambriento. Mantenía el hueso sujeto con una pata mientras tiraba de la carne. Consiguió arrancar un buen trozo y se lo tragó, goloso.

Sentí retortijones.

Zipper ladró.

Mamá y papá volvieron la cabeza y me miraron, como si fuera la primera vez que me veían.

Lentamente, los tres se levantaron del sofá. *Zipper* también se incorporó.

Mamá levantó hacia mí una mano huesuda. Quería tocarme. Los labios hinchados se le movían.

—¡Uunnnh! —gimió.

—¡Uunnnh! ¡Uuuunnnh! —papá y Zach empezaron a gemir, también.

Zipper ladraba.

Y entonces los cuatro empezaron a avanzar hacia mí, gimientes, hambrientos.

CAPÍTULO 13

—¡No! —grité.

No quería, no podía creerlo, pero era la verdad: ¡mi propia familia me perseguía!

Ahora eran zombis. Eran zombis hambrientos y devoradores de carne humana.

¡Eran zombis que querían comérseme!

—¡Nooo! —volví a gritar.

Tuve que forzarme para moverme, pero finalmente di media vuelta y salí del estudio y crucé la entrada hasta la puerta.

Salí al exterior y resbalé sobre la superficie mojada del porche delantero. Di una voltereta al descender por las escaleras y tras un buen golpe acabé tendido cuan largo era en el suelo.

—¡Uunnnh!

Oí el aullido de un zombi que se acercaba. Que ya estaba demasiado cerca.

«Los zombis no pueden moverse con tanta rapidez», pensé. Así pues, no podían ser ni papá ni mamá. Todavía no.

Me puse en pie y miré a mi alrededor.

El señor Bradley me miraba desde el jardín del número siguiente, asomado por encima del seto. Los colgajos de la piel eran de un verde apagado. Los ojos hundidos brillaban por el hambre.

—¡Todos son zombis! —grité.

Corrí hacia la acera, y al salir a ella vi que un tumulto de zombis se tambaleaba avanzando hacia mí. El que iba delante tenía la cuenca de un ojo vacía y de ella rezumaba una baba amarilla.

Abrí y cerré los ojos, pues no podía creer lo que estaba viendo. Los reconocía. ¡Eran los zombis de la película!

—¡Karen! —grité. Corrí para cruzar la calle, hacia su casa—. ¡Los zombis se están haciendo con toda la ciudad! ¡Tenemos que largarnos de aquí!

Salté hacia el porche y entré deprisa y corriendo por la puerta delantera.

—¡Karen! —grité—. ¡Karen!

Karen salió de una de las habitaciones. Se quedó inmóvil allí, al final del pasillo, mirándome.

—¡Uunnnh! —gruñó, relamiéndose.

El moho ya había empezado a crecerle en la cara. La baba salía a borbotones de su boca desgarrada.

—¡Uunnnh! —volvió a rugir.

Retrocedí hasta la puerta de entrada.

El señor Bradley, tambaleándose, penetró en el porche. Detrás de él venía mi familia, con *Zipper* delante de todos, gruñendo y con un humor muy de perros.

Los zombis de la película empezaron a subir por el camino de entrada.

Me volví. Karen seguía allá, al fondo del pasillo, y bloqueaba la puerta de atrás.

Oí un golpe, y cuando quise saber qué pasaba vi que al señor Bradley se le había desprendido el brazo. Pegó un aullido, pero siguió tambaleándose hacia la puerta. *Zipper* se abalanzó sobre el brazo con un gruñido maléfico.

—¡Uunnnh! —aulló Karen.

Dio un paso lento y pesado hacia mí. Y luego otro. Y otro.

Los zombis se arrastraron por el porche, y se iban reuniendo alrededor de la puerta. Cada vez más.

Yo me metí en el recibidor y tropecé, de manera que entré en el salón dando tumbos. Me levanté y fui deprisa hacia la puerta que daba al comedor. Una vez allí, corrí alrededor de la mesa y recogí las bananas y manzanas que había en el frutero. Luego las solté tras de mí.

«Quizás esto los frene un poco —pensé—. Quizá resbalen y se caigan. No se comerán la fruta, eso no. Necesitan carne. Necesitan mi carne.»

Abrí otra puerta y volví a resbalar, pero al incorporarme vi que estaba en la cocina. Miré a mi alrededor, jadeando para recuperar el aliento.

La única puerta de la cocina llevaba de vuelta al pasillo de la entrada. Allí estaba Karen. No había ninguna posibilidad de escapatoria por ese lado.

Podía oír los pasos vacilantes y pesados de los zombis en el salón. ¡Por allí tampoco podía volver!

Con un temblequeo incontrolable, me subí al fregadero e intenté abrir la ventana que tenía encima. La ventana se entreabrió unos centímetros.

¡Y luego se quedó bloqueada!

Pegué un puñetazo en el marco, y luego volví a intentar levantarla una vez más. Y otra.

Pero la ventana no se movía.

—¡Uunnnh!¡Uuuuunnnh!

Los zombis aullaban y rugían. Cada vez más alto. Cada vez más cerca. ¡Habían entrado ya en el comedor!

Se oyeron unos pasos vacilantes y pesados frente a la puerta que daba al pasillo. Una sombra se cernió sobre la cocina.

¡Karen!

Bajé al suelo y abrí las puertas del armario de deba-

jo de la cocina. Llevado por el pánico, saqué todos los jabones y esponjas, cepillos y productos de limpieza. Y entonces intenté meterme dentro.

¡No cabía allí! ¡No conseguía meter las piernas! ¡No podía cerrar las puertas!

Un zombi se asomó por la puerta que daba al comedor.

Karen se arrastró desde el pasillo.

«¡Me tienen rodeado!», pensé.

Intenté hacerme más pequeño, acurrucarme más en el interior del armario. Pero estaba atrapado, y lo sabía.

Sí, lo comprendía. Estaba condenado. Condenado...

Cerré los ojos y esperé a que me agarraran.

CAPÍTULO 14

La pantalla del cine se oscureció. Las luces superiores de la sala de proyecciones privadas se encendieron.

Martin McNair, el famoso director de películas de terror, se levantó de su asiento y se volvió hacia un grupo de unos veinticinco chicos.

Todos aplaudían y gritaban, entusiasmados. McNair sonreía.

—¡Gracias por venir, muchachos! —les dijo—. Como director, me gusta captar la opinión del público antes del estreno de la película. Así que muchas gracias por venir a este pase privado de mi nueva película, *Zombie Town*. Habéis sido un gran público.

Los chicos y chicas aplaudieron todavía un rato más.

—Y bien, ¿qué os ha parecido? —preguntó McNair.

—Es buenísima —se adelantó a decir un chico—.

Sobre todo me ha gustado el perro. Me ha encantado cuando se ha hecho con ese hueso humano.

—Los efectos especiales están realmente conseguidos —dijo otro chico—. El aspecto de Karen cuando se convierte en zombi da muchísima grima.

—¿Pero por qué tenía que convertirse en zombi también ella? —preguntó una chica—. A mí me caía genial.

—Y yo creo que Mike tendría que haberse escapado —dijo un chico.

—¿Eso crees? —preguntó el director—. ¿Y por qué?

—No sé —dijo el chico, encogiéndose de hombros—. Creo que es porque se supone que él y Karen son los héroes, y en cambio al final pierden. No queda nadie que no sea zombi.

—¿Qué más da? —dijo la chica que tenía al lado, con despreocupación—. ¿Qué pasa, que todas las historias tienen que acabar bien? Además, es cosa sabida que los zombis no existen.

Entonces oyó una tos, y la chica se volvió. Se quedó mirando hacia ese grupo de gente con aspecto raro de la fila de atrás. Tenían los ojos hundidos en las cuencas. La piel irregular se veía como verdosa, estropeada. A algunos les faltaba la nariz, o alguna oreja...

—¡Oye! Porque esos de ahí no son reales, ¿verdad? Porque los zombis no existen, ¿verdad? ¿VERDAD?

R.L. STINE

LAS CRIATURAS DEL MÁS ALLÁ

R.L. STINE

LAS CRIATURAS DEL MÁS ALLÁ

Traducción de Francesc Reyes Camps

B DE BLOK

Barcelona • Madrid • Bogotá • Buenos Aires • Caracas • México D. F.
Miami • Montevideo • Santiago de Chile

Título original: *The Creatures from Beyond Beyond*
Traducción: Francesc Reyes Camps
1.ª edición: mayo 2013

© 2000 Parachute Press
© Ediciones B, S. A., 2013
    para el sello B de Blok
    Consell de Cent 425-427 - 08009 Barcelona (España)
    www.edicionesb.com

Publicado originalmente en los Estados Unidos por Amazon Publishing 2012.
Esta edición se publica por acuerdo con Amazon Publishing.

Printed in Spain
ISBN: 978-84-15579-43-4
Depósito legal: B. 8.426-2013

Impreso por Bigsa
Av. Sant Julià 104-112
08400 - Granollers

INTRODUCCIÓN

POR R. L. STINE

Empieza con algo sobre lo que me gusta escribir: un muñeco diabólico que cobra vida. Y luego cambia a feroces y gigantes lagartos del espacio que invaden la Tierra. Y luego trata de plantar batalla a alguien que controla tu mente. A la pobre Randi, nuestra narradora, la controla un alienígena del espacio exterior.

Hay un poco de todo en este libro... ¡Y todo es terrorífico!

Empecemos con el muñeco diabólico. He escrito tantos libros e historias sobre muñecas y muñecos y maniquíes que cobran vida... Es algo que me daba miedo ya desde chico. Ya desde muy chico.

En mi más tierna infancia, a los tres años, tenía que dormir la siesta por la tarde. Y antes de cada una de estas pausas, mi madre me leía un capítulo de un libro. Uno de los libros que me leyó fue el *Pinocho* original.

No sé por qué escogió ese libro, ¡porque la verdad es que me daba un miedo espantoso!

El libro del *Pinocho* original era muy violento. Pinocho agarra un mazo grande de madera y aplasta al grillo contra la pared. Y luego el pobre Pinocho se duerme con los pies sobre la estufa. ¿Lo recordáis? Recordáis que es un muñeco de madera, ¿verdad? Bueno, pues los pies ¡acaban ardiendo!

Tenía solamente tres años, pero nunca olvidaré esa escena. Creo que por este motivo los muñecos y maniquíes me dan tanto miedo desde entonces. Y creo que existe un montón de gente que también los encuentra terroríficos.

De entre los malos de «Pesadillas», el más popular sin duda es Slappy, el muñeco diabólico. Cuando alguien dice las misteriosas palabras KARRU MARRI ODONNA LOMA MOLONU KARRANO, Slappy abre sus ojos pintados y cobra vida.

Slappy es tan popular que he escrito siete libros so-

bre él, empezando por *La noche de la momia viviente*. Y ahora mismo estoy trabajando en un nuevo libro que se llamará *El hijo de Slappy*, y estoy seguro de que el hijo resultará tan terrorífico como su padre.

Cuando Randi y Tyler, los gemelos de *Las criaturas de más allá del más allá*, llegan a su casa de veraneo, encuentran un montón de viejas y extrañas muñecas en una habitación. ¿Cobrará vida alguna de esas muñecas? Ya te puedo asegurar que sí. Y como en todas esas historias, no será buena, en absoluto.

¿De dónde he sacado la idea de hacer este libro? En el piso que tengo en Nueva York he montado una oficina en la que escribo mis libros. Un día estaba sentado a mi mesa y miraba los pósteres de películas que tengo colgados en la pared. Tengo varios carteles de viejas películas de terror que me inspiran.

Algunos de los que tengo colgados son:

- EL ATAQUE DE LOS MONSTRUOS CANGREJO
- LA CRIATURA CAMINA ENTRE NOSOTROS
- LA MANTIS MORTAL
- ¡TARÁNTULA!
- EL ATAQUE DE LAS SANGUIJUELAS GIGANTES
- LA CRIATURA DEL LAGO NEGRO

Cuando era pequeño a todo el mundo le gustaban las películas de monstruos. Los más populares eran los insectos monstruo, pero al público también le gustaban las aves monstruo, los lagartos monstruo, los gorilas monstruo y las criaturas marinas monstruosas. ¡Y también los monstruos horribles que no se parecían en absoluto a ninguna criatura de la Tierra!

¿A quién no le gusta un buen susto? El primero —y quizás el más popular— de los monstruos de película fue King Kong. La película, *King Kong*, es de 1933, y con ella se inició la manía por los monstruos grandes, realmente grandes.

El público no había visto nunca nada igual a King Kong. Se echaban a temblar cuando los exploradores de una isla selvática y desconocida veían a King Kong, el gorila gigantesco, por primera vez. Y cuando ese gorila de un kilómetro de alto se agachaba y prendía a la mujer del grupo para llevársela, el público gritaba.

La película tuvo tanto éxito que se filmó una secuela, *El hijo de Kong*, en el mismo 1933, y *Mighty Joe Young*, una película sobre otro gorila gigante, en 1947. Desde entonces se han dado muchas secuelas y *remakes* de *King Kong*.

¿Por qué? Pues por algo muy simple: ¿A quién no

le gusta ver a una enorme criatura gigante destruirlo todo a su paso?

A la gente le encantaba ver a King Kong suelto en Nueva York, y ver que aplastaba coches y edificios a su paso, y que agarraba trenes levantándolos de sus vías. En la década de 1950 los productores japoneses de películas también se apuntaron al carro destructor con sus propios monstruos enormes. *Godzilla* y *Rodan* se pasearon destruyendo Tokio en su integridad. Y los que se volvían locos con esas películas se multiplicaron por todo el mundo.

Cuando mi hermano Bill y yo éramos pequeños, íbamos a ver una película de terror casi cada domingo por la tarde. En esos días las películas eran más lentas. Tenías que esperar un montón de rato hasta que el monstruo aparecía en la pantalla. Pero cuando finalmente surgía con sus pasos atronadores, o volando, o bajo el agua, los niños del público nos volvíamos locos, y gritábamos y saltábamos en nuestros asientos, vitoreando al monstruo.

Guardo con afecto esos recuerdos. Y cuando me senté a mi mesa y miré los carteles de películas de terror, un título surgió de pronto en mi cabeza: *Las criaturas de más allá del más allá*.

Me gustaba ese título. Parecía como propio de todas las películas que me gustaban de pequeño, y con una pequeña broma incluida.

Apunté ese título. Y luego empecé a montar la historia. Muñecos que cobran vida... Monstruos horribles del espacio exterior... Controles mentales extraños...

Todo lo tenéis aquí. ¡Espero que os asuste!

R.L. Stine

CAPÍTULO 1

Subía por la escalera de nuestro último «lugar de veraneo». Cada año, para las vacaciones de verano, mi familia va a algún lugar nuevo. Pero «nuevo» implica necesariamente que sea algún lugar «bueno».

—¡Me pido el primero en escoger habitación! —gritó Tyler, empujándome a un costado al pasar por mi lado como una exhalación, escalera arriba.

—¡No es justo! —grité yo, corriendo tras él.

Tyler y yo somos gemelos. Los dos tenemos el cabello rizado y castaño y ojos de un gris azulado. Aun así, resulta fácil distinguirnos. Básicamente porque Tyler es un chico, y en cambio yo soy una chica.

Llegué a lo alto de las escaleras.

Tyler ya había abierto todas las puertas de par en par. Había metido la cabeza en la última habitación del fondo del pasillo cuando soltó un grito que me perforó el tímpano.

—¿Qué pasa? —pregunté corriendo para ponerme a su lado.

—¡Nada! Esta me gusta mucho. ¡Y es mía! —proclamó.

Observé el interior de la habitación. Máscaras de monstruos en las paredes, personajes de dibujos animados en la colcha y dibujos de personajes de cómic en el corcho que había sobre el escritorio. ¡Una habitación perfecta!

—Esta otra puede ser la tuya, Randi.

Me señaló con la mano la otra habitación.

Miré en el interior.

Buf. Muñecas. ¡Todo un paño de pared ocupado por ellas! Muñecas antiguas, muñecas que ríen, muñecas que miraban con grandes y brillantes ojos de cristal, muñecas de niña, muñecos troll, incluso un par de tortugas vestidas de karatecas.

No me gustan las muñecas. Las odio. Me dan asco. Me dan miedo. Tyler lo sabe la mar de bien.

Y es que a veces mi hermano es vomitivo.

Repugnante.

Sabía que yo nunca sería capaz de decirles a papá y mamá que obligaran a Tyler a utilizar una habitación llena de muñecas para que yo pudiera utilizar la habitación que estaba bien. Nuestros padres intentan ser justos, pero incluso ellos tienen sus límites.

—Estás aprovechándote tanto de que sea una chica... —murmuré.

Tyler se encogió de hombros y procuró que no se le escapara la risa.

Comprobé tras las demás puertas abiertas de las habitaciones de esa primera planta.

La habitación principal. Mamá y papá serían los que dormirían allí. Disponía de un gran armario con una ventana. También podían meter allí la cama de mi hermano pequeño. Tenía cuatro años, y no necesitaba una habitación grande para él solo.

Al lado había un baño con bañera-ducha. Miré por la ventana de ese baño. Al lado de nuestra casa había otra grande, sin cortinas en las ventanas, ni muebles en las habitaciones. Pensé que allí no viviría nadie.

En ese mismo piso quedaban otras dos puertas cerradas. Una tenía un cartel con letras goteantes de esas

típicas de Halloween en la que ponía «Prohibido». En cuanto a la otra, se abría sobre un armario ropero.

No había más habitaciones. En definitiva, estaba condenada a Muñecalandia.

Cada verano mi familia intercambia casa con alguna otra familia de otra ciudad. A mí no me importaría quedarme en Los Ángeles con mis amigos, pero cuando se lo digo a mis padres siempre me dicen que no.

Otras familias se mueren por intercambiar casa con nosotros para así poder ir a Disneyland y a los Universal Studios y al parque de La Brea Tar Pits y otros asuntos que he visto un millón de veces.

Y tengo que admitir que en algunas ocasiones hemos visto cosas absolutamente fabulosas. Como cuando estuvimos en Nuevo México y fuimos a las cuevas Carlsbad. Son las cuevas más increíbles que he visto nunca.

Tyler y yo nos turnábamos a la hora de filmar todo lo de Carlsbad. Los dos trabajamos juntos en una película de terror. Con el crepúsculo, toneladas de murciélagos salen a chorros de las cuevas. ¡Es algo totalmente terrorífico!

Mi otro lugar favorito para pasar el verano había sido Nueva Orleans. Porque Nueva Orleans en sí es

muy extraño. Tyler y yo habíamos grabado algunas escenas de cementerio buenísimas. Pero allí, en Blairingville, ¿qué estábamos haciendo en ese lugar ese verano?

Blairingville. ¡Tenía que haberse llamado Boringville,* con lo aburrida que era!

Papá nos decía que viviendo allí tendríamos una idea de lo que es la vida en una población pequeña. Lástima que mi interés por la vida en las poblaciones pequeñas fuera igual a cero.

Hasta ese momento no había visto absolutamente nada que fuera excitante. Nada más que unas cuantas casas, calles, árboles y extensiones de césped amarronado por el verano. Ah, y un centro comercial totalmente insignificante. No hay nada como el Galleria que tenemos en casa.

Solté mi bolsa de viaje en el suelo de la habitación de las muñecas y suspiré.

Quería echar una sábana por encima de tantas y tantas muñecas, para no tener que verlas a cada minuto del día y de la noche.

* *Boring*, en inglés, significa «aburrido», y *ville*, en francés, «ciudad».

—¡Vaya!

Había sido una voz, desde el umbral de la puerta.

Me volví y vi que era mamá.

—¡Vaya, vaya! —insistió en decir.

—Museo —dijo mi hermano pequeño, Alex, desde detrás de ella, mirando con expresión admirada a todas esas muñecas.

—No es ningún museo. Es una pesadilla —le respondí.

Luego miré a mamá.

La expresión se le había endulzado al mirar a la hilera de personitas de plástico en la estantería.

—¡Qué bonito! —susurró antes de entrar en la habitación y escoger una de las muñecas, la que llevaba un vestido de terciopelo y un lazo. Le tocó la mejilla, y luego la melena de desordenados rizos castaños.

—Tú y papá podéis quedaros con esta habitación —le ofrecí—. Yo ya me encargo de Alex.

Mamá me miró, con las cejas a un nivel inferior del habitual.

—No era más que una sugerencia —murmuré.

Volvió a dejar la muñeca en su sitio.

—Ten en cuenta que no puedes jugar con ellas, Randi —me dijo—. No son nuestras.

Me metí el dedo índice en la boca e hice un ruido ahogado. ¿Yo, jugando con muñecas? Cuando las ranas críen pelo.

Mamá me revolvió un poco el cabello y salió de la habitación. Alex la siguió, pegado a su pierna.

Deshicimos las maletas y fuimos a por pizza. Un poco más tarde, todos nos disponíamos a pasar nuestra primera noche en Blairingville.

Meterse en la cama en un lugar extraño siempre es algo incómodo. Pero lo que ocurría además era que ese lugar resultaba bastante más extraño de lo que imaginaba. Acababa de sacar el camisón del armario cuando sentí que alguien me miraba.

Me volví. ¡Eran las muñecas! Fuera donde fuera, en cualquier parte de la habitación, parecía que las muñecas me miraban fijamente. La imaginación me estaba jugando malas pasadas. Me metí corriendo en la cama y apagué la luz tan rápido como pude.

Allí echada en la oscuridad, podía sentir esas miradas espeluznantes sobre mí. Tiré de la sábana para echármela por encima de la cabeza, por ver si así caía dormida.

Pero fue inútil. Me pasé horas moviéndome y girando en la cama.

«Ya basta», pensé.

Ya tenía bastante. Encendí la luz y miré a las muñecas desde la cama.

Si atendía a lo que realmente sucedía podía asegurar que efectivamente la mayoría solamente tenían ojos apagados y polvorientos que no veían en absoluto. Luego vi algo: un muñeco en el estante superior que me intrigaba.

Era el muñeco de un chico, y por el aspecto parecía que tuviera unos doce años. Algo completamente extraño. Vaya, lo que quiero decir es esto: ¿quién ha oído hablar nunca de un muñeco que represente a un chico de doce años?

Repasé con la mirada los muñecos que tenía cerca y entonces... ¡Epa, un momento, un momento! ¿Acaso no acababan de moverse los ojos del chico-muñeco?

No, no podía ser. Pero de todos modos decidí que sería mejor que ese juguetillo pasara la noche en el baño. Tomé la silla del escritorio y la llevé junto a los estantes. Me subí a ella, de manera que el muñeco y yo estábamos frente a frente.

¡Uf! Ese muñeco parecía completamente real. No medía más de veinte centímetros, pero tenía pelo rubio de verdad, unos ojos azules y brillantes y una sonrisa

torcida. Incluso tenía cejas de verdad, en lugar de unas pintadas.

La ropa que llevaba también era muy cuidada, con gran lujo de detalles: camisa a rayas verdes y blancas y tejanos, y en estos los bolsillos estaban finamente ribeteados. Las zapatillas deportivas que llevaba tenían cordones de verdad. Sí, era inquietante, pero a la vez también podía decirse que iba... arreglado.

Fuera como fuera, no quería que esa cosa me estuviera mirando mientras dormía. Todavía dudaba, pero al final tendí la mano y lo agarré. Me pareció tan... ¡calentito!

Rocé con un dedo el cogote del muñeco. Sentí algo extraño, como una almohadilla pequeña y pegajosa. ¡Qué asco! ¿Qué era eso, chicle?

Volví a tocarlo...

Y el muñeco se movió en mi mano.

CAPÍTULO 2

¡Se había movido!

Solté un pequeño grito. El primer impulso que había sentido había sido lanzar al muñeco al otro lado de la habitación. Pero al final venció mi segundo impulso, y me limité a sujetarlo con fuerza. Si rompía algo en una casa que no era la mía, papá habría tenido tema para rato.

Pero la cuestión era que el muñeco se había movido. ¡Y tanto que sí! Lo inspeccioné.

No, un momento, un momento. No era que se hubiera movido, sino que había crecido. Era casi el doble de alto que hacía un segundo. Estaba segurísima.

—¡Eh! —gritó alguien en mi oreja.

Me volví, asustada. Era Tyler.

—¡Qué susto me has dado! —le reñí, empujándolo con el hombro.

—He oído que te movías por el cuarto —me dijo—. ¿Ocurre algo?

Respiré hondo, y luego bajé de la silla, sin dejar de sujetar el muñeco.

—Será mejor que veas esto —le dije, con una voz que me salió temblorosa—. Es muy extraño.

Tyler miró hacia la puerta de la habitación de nuestros padres. Todo despejado. Cerró la puerta tras de sí.

—¿De qué hablas? —me preguntó.

Con cuidado, puse el muñeco sobre el edredón.

—Observa.

—¿Que observe? ¿Qué quieres que observe? No es más que un estúpido muñeco.

Volví el muñeco de cara al suelo y le aparté el pelo sedoso del cogote.

—Mira esto —le dije.

Toqué la almohadilla negra.

¡El tamaño del muñeco volvió a doblarse!

—¡Ala! —exclamó Tyler—. ¡Qué bueno!

Mi hermano y yo habíamos pasado muchos ratos de nuestras vidas investigando por los pasillos de las

grandes jugueterías, y nunca habíamos visto nada que pudiera compararse a eso.

Entre los dos volvimos a apretar la almohadilla negra del muñeco. Y el muñeco volvió a crecer.

Tyler y yo nos miramos. Y entonces nos abalanzamos sobre el muñeco, y pulsamos la almohadilla negra tan rápido como pudimos.

Con cada uno de esos arranques de crecimiento, el muñeco se iba haciendo más y más real. ¡Al cabo de poco ya era casi igual de alto que yo!

Volví a pulsar una vez más, y el muñeco se hizo mayor que yo misma. Me puse de puntillas para volver a pulsarle por detrás del cuello una vez más.

Estaba a punto de volver a tocar la almohadilla negra cuando... ¡el muñeco se volvió! ¡Y por sus propios medios! Me miró con sus ojos azules y me sujetó el brazo.

Lancé un gemido. Mis ojos se agrandaron por la sorpresa.

El chico-muñeco me sujetó más fuerte todavía.

—¿Qué te crees que estás haciendo? —me preguntó.

CAPÍTULO 3

¡Ay! Me hacía daño, agarrándome así la muñeca.

No me lo podía creer. ¡Eso estaba ocurriendo realmente! ¡Ese muñeco se había convertido en un chico
real!

Le miré, completamente aturdida. Tenía los ojos
azules, el cabello rubio, un moreno californiano y ningún granito. Era realmente como una de esas personas
que salen en la portada de las revistas que mi amiga
Roxanne empezaba a traer al colegio.

¡Y estaba respirando!

Miré a mi hermano. La expresión de Tyler era de
pasmo total y absoluto.

El chico-muñeco me soltó la mano.

—¿Quién eres tú? —me preguntó.

Salté fuera de la cama y me alejé de él, acercándome a mi hermano.

¡Pero bueno! ¿Qué era en realidad ese muñeco? ¿Una persona? ¿Un robot? ¿Y de dónde podía haber salido?

Tyler seguía atónito, con la boca medio abierta.

El chico nos miró. La expresión de los ojos era de tranquilidad absoluta.

Por un segundo pensé en esa película de terror en la que un muñeco cobra vida y se pasea acuchillando a todo el mundo.

¿Se trataba en ese caso del mismo tipo de muñeco?

Flexioné el brazo. Todavía me dolía por el agarrón de ese muñeco.

—De hecho, la pregunta que de verdad importa es esta: ¿Qué voy a hacer con vosotros? —susurró el muñeco.

CAPÍTULO 4

El corazón me dio un vuelco. ¿Qué quería decir? ¿Qué podía hacer con nosotros? Se oyó un golpe en la puerta.

—¡Randi! ¡Es tardísimo! ¿Por qué estás despierta? —susurró mi madre al otro lado—. ¡Y no te hagas la dormida! Puedo ver la luz bajo la puerta.

—¡Mamá! —grité.

—¡Chisss! —siseó desde el otro lado—. ¡No hables tan alto, que vas a despertar a Alex! ¡Me ha llevado horas que se durmiera!

El chico volvió a mirarnos a Tyler y a mí. Se deslizó fuera de la cama y se tendió en el suelo, boca abajo.

¿Qué estaba haciendo?

El chico se introdujo bajo la cama. Oí un ruido extraño, tenue y agudo. Parecía como el de la fresa de un dentista, pero ahogado.

¿Qué era eso?

—¿Randi? —susurró mamá.

¿Qué tenía que hacer? ¿Contestarle? ¿O era mejor que no dijera nada?

Tyler se mordió el labio inferior. Despacio, con suavidad, se arrodilló junto al chico y con dos dedos apretó la almohadilla pegajosa que el chico tenía en el cuello.

El chico se quedó rígido... ¡y se encogió!

Me pasé el antebrazo por la frente. No me había dado cuenta de que estaba sudando.

—¿Cómo sabías que podías hacer esto? —pregunté.

—No tenía ni idea —contestó Tyler—. Ha sido suerte y nada más que suerte.

Tyler volvió a pulsar la almohadilla negra del chico, frenético, y luego...

No quedó más que un muñeco tendido en el suelo.

—¡Randi!

Mi madre era muy capaz de gritar sin dejar de susurrar.

—¿Mamá?

Todavía temblaba, pero me deslicé con paso inseguro hasta la puerta para abrirla.

—¿Qué estáis haciendo aquí dentro? —preguntó en cuanto estuvo en el interior de la habitación.

—Je, je. —Aquella risa de Tyler resultó de lo más forzada. Luego le mostró el chico encogido que tenía en la mano—. Es que estamos jugando con muñecos.

Parecía que a mamá le fuera a salir el vapor por las orejas en cualquier momento.

—¿Pero cuántas reglas podéis quebrantar de una sola vez? —nos dijo, furiosa.

Papá, por afeitar, con el pelo revuelto y con su pijama a rayas, apareció en el marco de la puerta y miró hacia el interior de la habitación. Bostezó y se llevó la mano a la boca.

—Primero: luz apagada significa luz apagada —recitó mamá—. Segundo: no se juega con las cosas de los demás a menos que tengas permiso. Y Tyler, tú tendrías que estar en tu propia habitación y en la cama.

—Helen —dijo papá, volviendo a bostezar—. Es su primera noche en un lugar nuevo. Es verano. Tienen casi doce años. ¿No crees que deberíamos relajarnos un poco?

Mamá sacudió los hombros.

—Bueno... Tal vez —murmuró—... Bueno, chicos, la cuestión es esta: ahora toca apagar las luces de verdad. Mañana podréis dedicaros a explorar. ¡Pero dejad esas muñecas tranquilas!

Agarró al chico-muñeco y lo volvió a dejar en la estantería. Por suerte, lo colocó de cara a la pared.

—Vamos, Tyler, vamos. Sal de aquí —dijo mi madre haciendo como si lo empujara.

—Pero... —dijimos Tyler y yo al unísono.

Nuestras miradas se encontraron. Sabía lo que estaba pensando. Teníamos que hablar sobre lo que acababa de suceder. ¡Teníamos que pensar sobre lo que estaba sucediendo allí!

—Chicos —dijo mi padre, en la voz que implicaba que estaba a punto de ponerse serio—. Ya está bien.

Tracé una eme en el aire con el dedo índice, y Tyler asintió. Es uno de nuestros códigos. La eme quiere decir «mañana». Entonces podríamos hablar del asunto.

En cuanto todos se fueron me siguió costando conciliar el sueño.

Las preguntas seguían acumulándose en mi cabeza: ¿Qué acababa de suceder? ¿Quién era aquel chico?

¿Qué era aquel chico? ¿Un robot? ¿Un muñeco? ¿Qué quería?

Y lo más importante: ¿Qué ocurriría si podía crecer mientras yo dormía?

Me di cuenta de que estaba totalmente equivocada sobre Blairingville. Ese lugar era un espectáculo de terror. E iba a pasar mi primera noche allí completamente en blanco.

Pero al final debí de quedarme dormida, porque lo siguiente que recuerdo es que ya era de día.

«¡Vaya sueño más raro!» pensé, desperezándome en la cama. Levanté las manos frente a mí. Una marca me rodeaba el antebrazo derecho.

Cerré los ojos un momento y me acordé del chico-muñeco, y de cómo me había agarrado.

No podía negarlo. Lo que había ocurrido anoche era real.

Hice una comprobación entre la colección de muñecas. El chico creciente seguía en el mismo lugar en el que mamá lo había dejado, de cara a la pared entre las muñecas de aspecto anticuado. En esa postura podía verle la almohadilla negra en el cogote.

Miré en los cuellos de algunas de las muñecas, y no descubrí ninguna almohadilla negra más.

Quería volver a investigar qué pasaba con el muñeco creciente, pero por nada del mundo quería hacerlo sola. Necesitaba a Tyler.

Me vestí y bajé las escaleras. El delicioso olor a fritura de los panqueques especiales que mi padre hacía subía desde la cocina. ¡Qué ricos!

Cuando llegué a la mesa todos los demás ya estaban comiendo. Mamá y papá se habían puesto sus chándales.

¡Horror! Cada vez que se ponían esa ropa, sentía una necesidad inmediata de gafas de sol solamente para mirarlos. Rosa. Violeta. Verde limón. Amarillo banana. Mortal de necesidad, por pura vergüenza ajena.

Alex estaba sentado en su trona y parloteaba para sí mismo mientras machacaba los trozos de panqueque pringosos con el tenedor.

Miré a Tyler hasta que él me devolvió la mirada. Eso no suele llevar mucho tiempo. Normalmente sentimos inmediatamente cuando uno de los dos mira al otro, por mucho que el observado esté de espaldas, por ejemplo.

—¿Eso sí? —me dijo. Lo que quería decir: «¿Ocurrió realmente anoche lo que yo recuerdo que ocurrió?»

—Sipo —respondí yo.

—No me lo... —me respondió. Eso quería decir: «¡No me lo puedo creer!»

—¡Sipo total! —le insistí, y al ir a alcanzar mi tenedor y cuchillo le hice ver el círculo enrojecido alrededor de mi brazo.

Los ojos se le agrandaron.

Papá nos miró con cierto desdén.

—¡A ver, vosotros dos! ¿Queréis hacer el favor de dejaros de lenguajes secretos entre gemelos?

—¡Luego! —nos entredijimos Tyler y yo al mismo tiempo.

Los dos recogimos la mesa después del desayuno y lavamos los platos. Después mamá y papá se fueron a su expedición en plan «vamos-a-corretear-por-los-alrededores-y-así-los-vecinos-echan-unas-risas-con-nuestra-indumentaria-de-chiflados».

Tan pronto como no hubo moros en la costa, planté a Alex en el salón con un montón de bloques para que jugara y subí con Tyler a investigar más sobre las muñecas.

Llegamos al pasillo del piso superior y estábamos a punto de entrar en mi habitación cuando oí algo.

«Scrich scrach scrich.»

Agarré a Tyler por el brazo.

«*Scrich.*»

¿De dónde venía ese ruido?

Los dos miramos a nuestro alrededor.

«*Scrach scrach...*»

¡De ahí! Procedía del armario. Ese en el que ponía «Prohibido» en la puerta.

En esa casa había muñecos absolutamente inimaginables, propios de la mente de un loco y con toda probabilidad peligrosos... sentados justo ahí, en un estante. De modo que, ¿hasta dónde podía llegar la horripilación de lo que se escondiera tras una puerta en la que ponía «Prohibido»? No estaba segura de querer averiguarlo.

—¡*Iauuuu!*

Otro ruido retumbó desde detrás de esa puerta.

Se me erizó el pelo del cogote. El corazón se me desbocó.

—¡*Roooooooaaaarrrr!*

¡Nunca, nunca en la vida había oído sonido más terrorífico!

No había ninguna duda. Algo terrible —algo horrible—, algo viviente estaba al otro lado de esa puerta.

CAPÍTULO 5

—¡*Roaaaaoooorrrr!*

—¡Salgamos de aquí! —le dije a Tyler. Corrí escaleras abajo y hasta la sala.

—¡Llévate a Alex! —me ordenó Tyler.

Abracé a mi hermano menor y con él a cuestas salimos por la puerta delantera.

Tyler iba por detrás de mí.

—¡Corre! ¡Corre! —gritaba.

Habíamos avanzado así media cuadra cuando miramos a nuestro alrededor.

En el cielo azul y brillante no se veía ni una nube. Un aspersor repartía cortinas de agua para regar una

extensión verde. Un cortacésped trabajaba en algún lado, y allá, en las ramas de un gran árbol, cantaban los pájaros. Un niño pasó zumbando montado en su bicicleta.

Vida normal por todas partes. No había nada que pudiera dar miedo.

Miré hacia atrás, hacia «nuestra» casa. Desde esa distancia se parecía un montón a cada una de las casas que se alineaban en esa calle. Totalmente normal.

—¿Qué? —me decía Alex, dándome cachetes—. ¿Qué? ¿Qué? ¿Qué?

Dejé que mi hermano menor se quedara en pie sobre la acera.

—¿Por qué me has traído aquí? —me preguntó—. ¿Por qué? ¿Por qué? ¿Por qué? ¿Por qué? ¿Eh?

—Es que había... —me volví hacia Tyler para que me ayudara—. Había algo en el armario de arriba de las escaleras.

—Sí, era algo que hacía unos ruidos horribles —añadió Tyler.

—¿Un monstruo? —La expresión de Alex se iluminó—. ¿Un monstruo?

Tyler y yo nos miramos. ¿Qué debíamos explicarle?

—¡Yo quiero un monstruo! —gritó Alex—. ¡Yo quiero un monstruo! ¡Yo quiero un monstruo!

Alex puso cara de malo, de lo más malo que sabía. Luego soltó un rugido. Qué mono.

—Quizá lo mejor sería que volviéramos —dijo Tyler al cabo de un rato—. Aquí plantados parecemos tontos.

—Sí. Estamos a plena luz del día —observé—. En las películas de terror la mayoría de cosas que de verdad dan miedo pasan por la noche. Después de que se vaya la luz.

Empezamos a caminar, de vuelta a casa.

—¡Mons-truo!, ¡mons-truo!, ¡mons-truo! —iba diciendo Alex a cada paso que daba.

No sabía lo que podía estar pensando Tyler, pero la verdad era que yo me sentía avergonzada. ¡Mira que dejarnos dominar por el pánico, y solamente por un ruido tonto en un armario! Desde luego...

Entramos en la casa y nos quedamos en silencio en el recibidor, atentos a lo que oíamos.

«*Scrich scrach scrich.*»

¡Otra vez ese sonido! Y luego: «*¡Muuuuwwww!*»

¿«*Muuuuwwww*»?, pensé. ¿Pero qué clase de sonido terrorífico era ese?

Subimos, deteniéndonos en cada uno de los escalones, hasta que por fin llegamos frente a la puerta del armario.

—¡Quédate aquí! —le indiqué a Alex, llevándolo hasta el umbral de mi habitación—. ¡Si del armario sale algo que te asuste, entra corriendo y cierra la puerta!

Alex frunció el ceño y cubrió el labio superior con el inferior.

—¡Haz lo que te digo! —le insistí, con la mejor de mis voces de hermana mayor.

Tyler se metió en su habitación y salió con un bate de béisbol. Se plantó con el bate en el hombro, listo para actuar.

Asentimos con la cabeza, y entonces agarré la manilla de la puerta. La hice bajar y tiré de ella, dispuesta a saltar hacia atrás.

Pero la puerta estaba cerrada.

«Claro —pensé—, lo normal es que una puerta en la que pone "Prohibido" esté cerrada.»

Fuera como fuera, seguramente tenía que haber alguna llave por allí, a menos que la familia que vivía en ese lugar se la hubiera llevado.

Tomé a Alex por la mano y nos dirigimos a la cocina. En muchas de las casas de verano que visitábamos,

la gente guardaba las copias de las llaves en la cocina. En una de las casas incluso había un pequeño armario para ellas, con ganchos y etiquetas que informaban de qué era lo que abrían.

En esa cocina, Tyler encontró un cajón lleno de todo tipo de cosas.

Allí también había un aro del que colgaban llaves de diferentes tamaños y formas.

Volvimos a subir por las escaleras y fuimos hacia la puerta del armario. Tyler encontró la llave indicada después de probar con unas cuantas.

Abrimos el cerrojo, y luego retrocedimos. Finalmente, abrí la puerta, con Tyler apostado para darle con el bate a lo que pudiera salir de allí.

Algo pequeño y gris salió disparado y corrió escaleras abajo. Lo hizo con tal rapidez que no pude ver de qué se trataba.

De cualquier modo, se había quedado parado frente a la puerta delantera de la casa, que estaba cerrada.

«¡No es más que un gato! —pensé—. Un gato flacucho y gris.»

Maullaba y arañaba la puerta delantera.

Corrí escaleras abajo y abrí la puerta. El gato se internó entre los arbustos.

—¿Habrán dejado al gato encerrado en el armario? —preguntó Tyler—. ¿Cómo han podido hacer esto?

—¿Y cómo es posible que no empezara a hacer ruido hasta esta mañana? —pregunté yo.

Miramos al interior del armario. El desorden era considerable. Montones de cajas de cartón cerradas con cinta adhesiva cubrían las paredes a uno y otro lado.

También las había en la pared trasera, bajo una pequeña ventana con cortina.

Probé el interruptor de la luz. Funcionaba. Pude comprobar que el gato había arañado algunas cajas hasta abrirlas. Quizás hubiera algo en su interior que olía bien.

Tyler penetró en el armario, con mucho cuidado de no pisar nada, y levantó la cortina. La ventana tenía cuatro hojas de cristal, y una de la superiores se había roto.

—Supongo que el gato habrá entrado por aquí —dijo.

—¡Tesoro! —gritó Alex antes de meterse corriendo en el armario y hacerse con algo que había sobre el suelo.

—¡Oye! ¿Adónde te crees que vas?

En el acceso a ese armario había un cartel en el que ponía «Prohibido». Y lo que con seguridad no podíamos hacer era manosear las cosas de los demás cuando estábamos pasando unos días en sus casas.

Y mamá y papá estarían de vuelta en cualquier momento, así que...

Me senté en el suelo. ¡Era el momento de curiosear lo que había en algunas cajas!

Alex sostenía una pequeña bola dorada con puntas blanditas que surgían en su superficie.

—¡Tesoro! —volvió a decir.

Tenía razón. Todo en ese compartimento tenía un aspecto atrayente. Eran objetos intricados, con detalles, extraños, y en su mayoría metálicos.

Recogí uno muy pequeño, de forma oval y rosa, con topos azules. Al hacerlo girar en mis manos descubrí que sobresalían tres tachuelas. ¿Qué era eso? ¿Una pieza de un juego mayor del que nunca había oído hablar? Era agradable manosearlo, pues era pesado y sólido. En mi cazadora tejana habría quedado la mar de bien como broche.

Tyler se agachó frente a mí y alcanzó un objeto plateado de la medida de una mano y con forma de diamante, pero de contornos redondeados y con unas ta-

chuelas que sobresalían, como de latón. Parecía como si fuera un mando a distancia para algo que desconocíamos.

—¿Quiénes son los que viven en esta casa? —preguntó Tyler—. ¿Y de dónde habrán sacado todo este material?

—No lo sé, pero será mejor que lo dejemos tal y como lo hemos encontrado —le contesté.

¡Con las ganas que tenía de quedármelo todo, absolutamente todo!

—Sí —susurró Tyler.

En ese momento tenía en las manos un pequeño disco que parecía enteramente un *frisbee*. Era de un verde metálico, con rayas violetas.

—¡Mira! Tiene lo mismo que ese muñeco —me dijo señalándome algo.

Era cierto: en el borde del disco había una almohadilla negra. Tyler la apretó con un dedo.

El *frisbee* dobló su tamaño.

«¡Es increíble!», pensé.

Me hice con seis de los pequeños objetos metálicos que había en el suelo. Cada uno era diferente a los demás. ¡Pero todos y cada uno disponían de su almohadilla negra!

Tyler hizo que el *frisbee* aumentara de tamaño un par de veces más.

Miré a Alex, que hacía rodar la bola dorada con puntas y se reía al ver cómo zigzagueaba por el suelo.

—Será mejor que dejes eso —le dije a Tyler.

—¡Pero es perfecto para nuestra película! —protestó Tyler—. Una ciudad de efectos especiales.

Echó el brazo hacia atrás, como si estuviera a punto de lanzar el *frisbee*.

—¡Oye, no hagas eso! —le ordené a voz en grito—. ¡No sabes para qué sirve! ¡Haz el favor de volverlo a encoger, ahora mismo!

—¡Es que me gusta muchííííisimo!

Le miré fijamente. Él suspiró, pero finalmente apretó en la marca negra con los dos dedos, y el *frisbee* se encogió.

—Escóndelo en algún sitio en el que Alex no lo pueda encontrar —le susurré a Tyler.

Él asintió y se metió el disco en el bolsillo.

—Lo mejor será que comprobemos el resto del material más tarde —le dije—. En cuanto a-ele-e-equis esté de-o-erre-eme-i-de-o.

Una vez más, mi hermano gemelo asintió. Recogió cuantas cosas pudo del suelo, puso en pie una caja tumbada y lo metió todo en ella.

Alex se echó a llorar cuando le arrebatamos la bola dorada, pero también la empaquetamos, sin más contemplaciones. Después de recolocar el material del armario en su integridad, cuando estábamos cerrando la puerta del armario oímos que mamá y papá volvían de su sesión de *jogging*.

—¡Uf! —resopló Tyler con alivio, al tiempo que se dejaba caer el manojo de llaves en el bolsillo.

—Sí —admití—, ha faltado un pelo. Si mamá y papá llegan a pillarnos revolviendo por aquí, estaríamos castigados para toda la vida.

Pasamos el resto del día dedicados a tareas familiares. Mamá y papá se nos llevaron de picnic por el Pleasant Valley, y luego visitamos un centro comercial en las afueras de la ciudad. Más tarde fuimos a patinar.

En un par de ocasiones conseguí olvidar esas cosas tan extrañas que nos pasaban en la casa nueva y pude pasármelo bien.

Hasta que papá y mamá hubieron salido, rumbo a una cena romántica, Tyler y yo no dispusimos de ninguna posibilidad de avanzar en nuestras investigaciones. Bien, lo primero que teníamos que hacer era darle de comer a Alex y meterlo en la cama. No queríamos que anduviera por allí enredando.

Afortunadamente, enseguida concilia el sueño, así que en cuestión de minutos dormía como un lirón.

Fuimos a mi habitación y nos hicimos con el muñeco. Luego comprobamos el resto de muñecas. En ninguna encontramos una almohadilla negra como la del chico-muñeco.

—¡Espera! Tenemos que asegurarnos de que no pueda hacer nada cuando despierte.

Le señalé la marca en mi brazo para fundamentar mi exigencia.

—¿Y cómo podemos hacer eso? —preguntó Tyler.

Presionó el punto una vez, y el muñeco se volvió del tamaño de Alex.

—Quizá podríamos atarlo, o algo por el estilo.

Miré por toda la habitación, en busca de ideas. En cuanto vi la colcha de la cama, lo supe.

—¡Ya lo tengo! —grité.

Corrí escaleras abajo, hacia el porche trasero, en donde papá había guardado parte del material que habíamos traído desde California. Cogí tres cuerdas elásticas y volví a subir.

—Vamos a enrollarlo en la alfombra. Le cubrimos el cuerpo entero, excepto la cabeza. De este modo luego podremos atarle las cuerdas elásticas alrededor —le

dije—. Y ya podrá crecer o menguar, porque siempre
estará bien atado.

Tyler se tomó un momento para pensarlo.

—Bien, de acuerdo. Tal como lo explicas tiene que
funcionar.

Lo envolvimos con la alfombra bastante holgada a su
alrededor. Las cuerdas elásticas lo ceñían sin apreturas.

Tyler me miró. Yo asentí.

Apretó la almohadilla negra en el cogote del chico-
muñeco.

El chico-muñeco creció, y la alfombra se llenó. Las
cuerdas se tensaron alrededor de los brazos, la cintura
y las piernas.

El muñeco pestañeó tres veces.

—¿Eh? —dijo, mirándose el cuerpo aprisionado y
sin entender qué sucedía.

Tyler y yo lo estudiamos. Se debatía sin parar, pero
no parecía que pudiera soltarse. Mejor aún: seguíamos
teniendo acceso a la almohadilla negra de su cogote
para encogerlo si queríamos, sin que él pudiera hacer
absolutamente nada.

—¡Eh! —exclamó. Ahora parecía asustado—. ¡Vosotros sois los que me habíais despertado antes! ¿Por
qué...? ¿Quiénes sois?

—Ahora nos toca a nosotros hacer las preguntas —le dijo Tyler—. Primero dinos quién eres tú.

—¿Yo? —tragó saliva—. Yo soy... Eh... Soy Brad Mills.

—Muy bien —le dije yo—. ¿Y qué eres?

—¿Cómo? —parecía de lo más confundido.

—¿Qué eres?

—Bueno, pues... Un chico, eso es.

—Hace un par de minutos eras un muñeco —observó Tyler.

—¿Ah, sí? —Brad volvió a pestañear tres veces—. Sí, claro. Supongo que sí.

—¿Y cómo te explicas eso? —le preguntó Tyler.

—¿Que cómo me lo explico? —susurró Brad, como si hablara consigo mismo—. No sé. Es difícil. Y los detalles de cada vez que me hago pequeño, y los de cada vez que me hago grande, se me escapan. —Hizo una pausa—. Pero hay una cosa que sí recuerdo. ¡Fueron los extraterrestres quienes me lo hicieron! ¡Los extraterrestres! ¡Y a vosotros también pueden hacéroslo!

¿Extraterrestres que convertían a las personas en muñecos? ¡Anda ya!

Las mejores películas de terror mostraban a los extraterrestres haciéndoles montones de cosas horribles a las personas. Eran las películas de ese tipo las que me daban las peores pesadillas. Pero, ¿convertir a la gente en juguetes? Eso no tenía ningún sentido.

—Espera, espera un momento —le indiqué—. ¿Qué motivo iban a tener los alienígenas para encogerte y convertirte en muñeco?

—Tienen esa máquina que reduce tu tamaño y te pone un botón negro —contestó el muñeco—. Y ya

está. Con eso pueden reducirte y hacerte crecer tanto como lo deseen.

—Bien, bien, de acuerdo. Ya me quedo con la idea de una máquina que encoge a las personas. Pero no has contestado a nuestra pregunta —apuntó Tyler—. ¿Para qué tendrían que hacer algo así?

Brad cerró los ojos. Cuando los abrió, parecía asustado y triste.

—De este modo resulta más fácil transportarte —contestó al fin.

—¿Eh? —preguntamos Tyler y yo al mismo tiempo—. ¿Cómo dices?

—Si reduces el tamaño de los chicos y chicas, puedes acumular muchos más en una sola carga. Una vez que has completado el envío con centenares de chicos, puedes salir a canjearlos.

—¿Canjearlos? —susurré—. ¿Y por qué otra cosa los canjean?

—Por lo que quieran. Los chicos humanos están muy solicitados en toda la galaxia. Por lo menos eso me dijeron los extraterrestres.

Levanté una ceja.

—¿Y se puede saber qué los hace tan especiales? —pregunté.

—El gusto que tienen —respondió Brad, estremeciéndose—. Según los alienígenas, no hay restaurante espacial que se precie que no disponga de chicos humanos en el menú.

Empecé a sentir un frío súbito.

—Es como en esos restaurantes a los que puedes ir y escoger la langosta viva que quieras —siguió explicando Brad—. Allí tienen estantes de muñecos, y los clientes pueden escoger el que quieren pimplarse. Los camareros se llevan al muñeco a la cocina... Y bueno, el resto podéis imaginarlo vosotros mismos.

Me sentí aturdida durante unos segundos. Era una historia demasiado horrible para ser cierta. Pero claro, una semana atrás hubiera dicho que los muñecos crecientes y habladores también eran demasiado raros como para ser ciertos.

—Entonces —dijo Tyler mirándole con atención—, entonces ¿por qué resulta que tú estás en la estantería de alguien, y no en el plato de algún restaurante alienígena?

—No lo sé —musitó Brad—. Lo último que recuerdo es que alguien me hacía pequeño. Lo único que sabía era que la próxima vez que despertara se me iban a comer. —Miró a su alrededor—. Y en lugar de eso,

estoy aquí, atado. Será que me han olvidado aquí acci-
dentalmente, o algo por el estilo.

Hizo una pausa, dándose tiempo para pensar. Luego contuvo una exclamación.

—¡Acabo de recordar una cosa! ¡El programa...!
¡El resorte!

—¿De qué estás hablando? —pregunté.

—Los alienígenas me lavaron el cerebro. Me programaron para emitir una señal en caso de que escapara —dijo el chico muñeco—. ¿Hice algo extraño la primera vez que me apretasteis el botón?

—Te tiraste al suelo para buscar algo debajo de mi
cama —le expliqué.

El chico muñeco miró hacia la cama.

—¡Oh, no! —exclamó por fin—. Es demasiado tarde. ¡Ya he activado el resorte!

—¿Qué resorte? —pregunté yo.

—Está debajo de la cama —nos dijo el chico muñeco.

Tyler se arrodilló en el suelo y levantó la colcha.

—¿Qué es eso? —preguntó con excitación.

Una luz intermitente y rosada se propagaba desde
debajo del somier. Volví a oír ese sonido como de fresa
de dentista. Supuse que había estado sonando desde
hacía rato, pero que la alfombra lo había ahogado. Me

agaché y miré por debajo de mi cama, al tiempo que Tyler buscaba algo. Se trataba de una pirámide pequeñita y rosada que brillaba.

—Es como una baliza para llamar a los alienígenas a Blairingville. Me programaron para activarla. ¡Y ahora están acudiendo a la llamada! ¡Vienen a esta casa!

El chico muñeco se debatió contra las cuerdas elásticas que lo apresaban.

Me arrodillé junto a la cama y miré hacia la pirámide rosada. La luz brillaba desde ella en oleadas que parecían irregulares.

—¿Cuánto hace que está emitiendo? ¿Cuánto hace que me hicisteis grande? —preguntó el chico muñeco.

—Fue anoche —contesté.

—¿Y qué hora es ahora? —Volvió la cabeza y miró al despertador que había en la mesilla—. ¡Las nueve y quince! —exclamó—. ¡Oh, no!

—¿Qué? —preguntó Tyler.

—Tenéis que soltarme —nos dijo Brad en una voz profunda y tensa, sin dejar de debatirse en sus ataduras—. Si esa baliza ha estado emitiendo durante veinticuatro horas quiere decir que en cualquier momento tendremos a los alienígenas aquí. ¡Tenéis que soltarme! ¡Tenemos que escondernos!

No estaba segura de si tenía que confiar en ese chico. ¿Qué ocurría si estaba mintiendo? ¿Y si todo aquello no era más que una treta para que lo liberáramos?

No tuve que esperar demasiado para obtener una respuesta.

Un sonido bajo y monótono llegó desde fuera de la casa. Impactó contra el suelo, en la parte posterior. Hizo que todo se estremeciera.

Tyler corrió a la ventana, levantó la cortina y miró hacia fuera.

—¡Randi! —alcanzó a decir.

Una luz morada y roja latía en su cara.

Corrí para ver qué era aquello que tanto le impresionaba. Y al verlo, contuve la respiración.

En el patio trasero de la casa de al lado una nave en forma de platillo, resplandeciente, de luces rojas y moradas, se mantenía elevada e inmóvil sobre el suelo.

CAPÍTULO 7

—¡Ya están aquí! —gritaba Brad, debatiéndose con violencia—. ¡Están aquí! ¡Han llegado! ¡Tenemos que escondernos! ¡Deprisa!

Tyler y yo nos miramos. Tyler corrió la cortina. Corrimos junto a Brad y desenganchamos las cuerdas que lo apresaban. Brad se escurrió por fin fuera de la alfombra, y se apoyó en los hombros de Tyler y míos.

—¡Tenemos que escapar de ellos! ¿Lo entendéis?

La expresión en su mirada era absolutamente intensa. Sentí que el sudor me corría por el cuello.

—¿Qué lugar conocéis que sea bueno como escondrijo? —preguntó Brad.

Sentí pánico. No habíamos pasado demasiado tiempo explorando la casa. No teníamos ni idea de dónde podíamos escondernos... Especialmente de unos extraterrestres.

Y luego se me hizo evidente.

—¡El armario prohibido! —dije.

—Todavía llevo encima el llavero —dijo Tyler, dándose un golpecito sobre el bolsillo.

Saqué a Alex, que estaba muy dormido y gemía, de su cuna.

Tyler abrió el armario, y los cuatro nos metimos dentro. Brad se apoyó en una de las cajas que habíamos abierto antes. Cayó a un lado, y parte de todas esas cosas tan pequeñas que guardaba se esparcieron por el suelo.

—¿Pero qué...?

Brad se agachó, e intentó recoger con las manos aquellos objetos brillantes, desperdigados...

Yo también recogí unos cuantos. ¡Teníamos que dejar de hace ruido!

Tyler empujaba la puerta para mantenerla cerrada mientras intentaba meter la llave una y otra vez.

—No va a funcionar —dijo al fin—. No cierra desde dentro.

—Quizá si guardáramos de verdad silencio... —sugerí.

—No —me contestó Brad, terminante—. Si pueden entrar...

—¡Buaaaaaaa! —bramó Alex.

—¡Duerme! —le susurré, poniéndole la mano sobre la boca.

Alex continuó sollozando y sorbiéndose las lágrimas, pero muy quedamente.

Brad me agarró por el brazo:

—Necesitamos un lugar mejor para escondernos.

—Sí, ya lo sé —susurré.

¡Deseaba tanto que se me ocurriera algo!

Nos deslizamos al exterior del armario, y Tyler volvió a cerrar. Nos dirigimos a las escaleras. Si podíamos plantarnos abajo con la suficiente rapidez, tal vez podríamos correr al exterior.

Pero las luces de color violeta seguían alumbrando con sus intermitencias el primer piso de la casa. Por allí abajo oíamos sonidos como escarbando. Era como palillos arañando la madera. El ambiente apestaba a amoníaco.

No podíamos verlos, pero lo sabíamos. Los extraterrestres —los alienígenas comedores de chicos— ya estaban a punto de subir las escaleras.

CAPÍTULO 8

—Al lado de la ventana de mi cuarto hay un árbol enorme —susurró Tyler—. Tiene una rama a la que podemos subirnos. ¡Vamos!

Nos deslizamos hasta la habitación de Tyler y una vez dentro cerramos la puerta con cuidado. Brad fue hacia la ventana, descorrió las cortinas y, muy despacio, levantó el panel de la ventana.

Ahí fuera había realmente un árbol enorme, pero a mí me pareció que quedaba bastante lejos. Además, ¡estaba tan oscuro! No podía ver el árbol demasiado bien. Todo mi cuerpo temblaba por el miedo.

Brad se puso de rodillas en el alféizar de la ventana.

Luego se lanzó hacia el árbol y aterrizó sobre una de sus grandes ramas, sin problemas. Avanzó por la rama muy despacio, alejándose de nosotros.

—¡Oye, tú! —susurró Tyler—. ¡Ayúdanos con Alex!

Brad volvió a acercarse por la rama y extendió los brazos.

—¡No quiero, no quiero! —murmuraba Alex.

Tyler se subió al alféizar y luego se volvió y extendió las manos hacia mí. Yo le entregué a Alex, y luego lo agarré por detrás de los pantalones. No quería que se cayera en el momento en que dejaba a Alex en brazos de Brad.

—¡Ten cuidado! —le rogué.

Brad tomó a Alex y se deslizó otra vez hacia el tronco. Luego descendió por un par de ramas, y dejó la más grande y cercana libre.

Tyler se agazapó en la ventana y se lanzó hacia la rama. ¡Uf! Aterrizó sobre la barriga. Palideció, pero no se soltó mientras la rama oscilaba arriba y abajo. Avanzó un tanto por la rama para dejarme algo de sitio.

Me subí al alféizar de la ventana. No dejaban de oírse más arañazos y chasquidos procedentes de la planta baja.

¡Los extraterrestres! ¡Ahora o nunca!

Me lancé hacia la rama. ¡Y resbalé!

Desesperadamente, agité los brazos para lograr asirme a la rama. La corteza áspera me arañó las manos. ¡No iba a ser capaz de aguantar así por mucho tiempo!

—¡Vamos, Randi, vamos! —susurró Tyler desde arriba, tocándome la mano—. Brazo sobre brazo.

Recordé las instalaciones del parque a las que nos gustaba subirnos de niños. Yo era muy buena en las barras.

Conseguí avanzar por la gran copa del árbol. Brad guio mis pies hacia una rama inferior.

Por fin pude apoyarme en el tronco, jadeante y aliviada.

—No podemos quedarnos aquí —murmuró Brad.

Tenía razón. Podía ver el patio trasero, y la nave espacial que había aterrizado en él. Parecía como si la parte superior e inferior de un tiovivo se hubieran pegado sin los caballos de en medio. Una rampa descendía de la nave... y esas cosas la utilizaban para salir de ella.

Parecían lagartos del tamaño de un poni. De hecho, eran como los *Velociraptor* de aquella película tan bue-

na de dinosaurios. Excepto que las colas eran largas, violáceas y sinuosas, con cascabeles en su extremo.

Y con dos grandes colmillos que sobresalían en sus bocas, como los de una serpiente.

Eran reptiles del espacio.

—Tenemos que salir de aquí —susurró Brad.

Los reptiles del espacio corrían entre la nave espacial y la puerta trasera de la casa. No parecían interesados en los laterales de la casa, de manera que por el momento teníamos el camino libre.

Brad descendió por unas cuantas ramas más y se deslizó hasta el suelo. Luego nos tendió los brazos para que le pasáramos a Alex.

Yo me sentía asustada, débil y cansada, pero conseguí que brazos y piernas me respondieran. Descendí por el árbol, y Tyler me siguió.

Se oyó un ruido, como un chirrido fuerte. Procedía del interior de la casa.

Miré hacia allá, ¡y vi que una de esas horribles cabezas de reptil se asomaba a la ventana de la sala de estar!

«¡No! —pensé—. ¡No puede verme!»

Me quedé quieta, congelada.

El reptil emitió más sonidos rechinantes, como de dos coches que chocan, como de metal arañando otro metal.

Dos cabezas más se asomaron por aquella ventana detrás de la primera. ¡Oh, no! ¡Sabían que estábamos ahí!

Tyler me agarró el brazo.

—¡Corre, corre! ¡Vamos!

Me precipité hacia la calle, pero en realidad sabía que no podríamos superarlos a todos.

¡Los cuatro estábamos apañados!

CAPÍTULO 9

—¡Corre! —gritó Brad.

Me puso a Alex en los brazos. Mi hermano pequeño se abrazó más fuerte a mi cuello mientras yo corría.

Oíamos los chirridos y arañazos cada vez más cerca. ¿Qué pasaría si tropezaba? ¿Nos comerían allí mismo?

No. No podía tropezar. No iba a tropezar, me dije
a mí misma.

Corríamos como locos. Tyler corría a mi lado, y
Brad iba más adelante. Oía los pies de reptil de los alienígenas arrastrándose sobre la acera. Aquel sonido se
hacía más y más fuerte. ¡Estaban acercándose!

Brad llegó al final de la manzana y se detuvo bajo una farola.

Algo me pisó muy fuerte el talón, de manera que faltó poco para que me desgarrara el zapato. El olor penetrante del amoníaco me penetró en la nariz.

Me invadió el terror. ¡Los reptiles del espacio estaban justo detrás de nosotros!

Tyler me agarró por el hombro y me empujó. Corrí mucho más rápido que nunca en toda mi vida.

Llegamos al círculo de luz que la farola proyectaba sobre la acera. Brad me agarró por el brazo cuando intentaba pasarle corriendo.

—¿Qué haces? —conseguí decir, exhausta.

Señaló por detrás de mí, mientras iba ralentizando el paso.

¡Los reptiles del espacio estaban huyendo!

—No van disfrazados —explicó Brad—. Así que no pueden quedarse por aquí fuera demasiado tiempo, y no pueden arriesgarse a que alguien repare en ellos. Si vamos a cualquier lugar en el que la gente pueda vernos, no tendrán más remedio que dejarnos solos.

—Pues vayamos al centro comercial —sugirió Tyler—. Es sábado y de noche, así que lo más probable es que esté llenísimo de gente.

Comprobamos si había más extraterrestres en la calle. Los alrededores estaban despejados. Corrimos y corrimos, desde un haz de luz de farola hasta otro.

Al final llegamos a nuestro destino. ¡Nunca en la vida me había alegrado tanto de ver un centro comercial! Nos introdujimos en él y fuimos directamente a las instalaciones de una galería en la que los chicos de la localidad jugaban con máquinas bastante pasadas de moda. No conocía a ninguno de esos chicos, pero enseguida sentí que los quería muchísimo.

Tyler se dirigió al *pinball* de la Familia Addams. Era uno de sus favoritos. Yo me senté en la silla de un simulador de pista de carreras que nadie usaba y me puse a Alex en la falda.

—Nunca nos seguirán hasta un lugar como este —dijo Brad.

Sonreía mirando a cada una de las pantallas, en las que se sucedían los mensajes:

«¡Lucha contra los invasores de otros mundos! ¡Salva el planeta!»

«Vale, bien —pensé—. Pero que sea otro el que luche contra ellos.»

—No podemos quedarnos aquí toda la noche —susurré.

Me recoloqué a Alex sobre la falda. Se había quedado dormido, y parecía que pesaba todavía más.

—No tenemos por qué hacerlo —dijo Brad para tranquilizarnos—. No pueden estar en vuestra casa demasiado rato. No venían preparados para una misión furtiva. Cuando lo que desean es quedarse un tiempo, utilizan cuerpos humanos.

—¿Que utilizan cuerpos humanos? —pregunté—. A ver si lo he entendido. ¿Quieres decir que además de comerse a los humanos también invaden sus cuerpos?

—Exacto. Hacen cuerpos replicantes e introducen en ellos sus pensamientos —nos dijo Brad en tono pragmático.

—¡Vaya! —Solté un resoplido—. Entender todo esto que dices de una tacada es algo excesivo.

La expresión en la cara de Brad se relajó.

—Sí, supongo que tiene que serlo. Yo he vivido con este asunto durante más tiempo, y para mí tiene un mayor sentido. —Sonrió—. Ahora lo mejor que puedes hacer es tranquilizarte. Todo irá bien.

Se dirigió hacia el *pinball* en el que estaba Tyler. Los dos empezaron a jugar.

Me recosté en la silla del juego de carreras y cerré los ojos. Estaba molida.

Luego miré hacia la parte exterior de la galería, al centro comercial. ¡Era tan tranquilizador! Estaba lleno de gente, de gente normal, que deambulaba por allí, arriba y abajo, de compras.

Gente normal... como mamá y papá.

¡Un momento! ¿No eran esos...? ¡Sí! Mamá y papá pasaban en aquel momento junto a la galería. ¡Con ellos estaríamos seguros!

Sostuve con más fuerza todavía a Alex y corrí a su encuentro.

—¡Mamá! ¡Papá! —grité.

Ellos se volvieron para mirarme, con rostros en los que se reflejaba la perplejidad.

—¡Randi! ¿Qué estás haciendo aquí? —preguntó mamá.

Alex se despertó y miró a su alrededor.

—¿Mamá? —dijo. Lo deposité en el suelo y corrió hacia ella—. ¡Mamá! —repetía, abrazado a sus piernas.

—¿Me puedes explicar qué está ocurriendo aquí? —preguntó papá—. Randi, ¿quién te ha dado permiso para salir de casa en plena noche?

Mamá se inclinó, hizo que Alex le soltara las piernas y lo tomó en brazos.

—Yo...

Pero comprendí que no podía decir nada. En la vida iba a poder explicarles todo aquello. No, a menos que mamá y papá fueran a casa y vieran a los extraterrestres por ellos mismos.

¡Eso era lo que quería que hicieran! ¡Quería que llamaran a la policía o al FBI, o a quien fuera que tuviera que enfrentarse a las invasiones de extraterrestres!

Por otro lado, no quería volver nunca más a esa casa. ¡En la vida!

—Blairingville parece una ciudad bastante segura —continuó diciendo mi padre—, pero aun así no quiero verte rondar por un lugar extraño de noche.

¿Que era «segura»? ¡Blairingville no era segura en absoluto! ¡Ni nuestra propia casa lo era!

—Yo... —volví a decir.

—¿Pero qué...? ¿Qué se te ha pasado por la cabeza? —insistió mi padre.

—¡En casa hay un lagarto grande-grande! —parloteó Alex—. Saltamos por la ventana y bajamos por un árbol. ¡Por poco me caigo!

—¿Qué? —preguntó mamá, con un hilo de voz.

—¡Lagarto, lagarto grande-grande! —gritó Alex—. ¡Qué peste!

—¡Randi! —dijo mi padre—. ¿Has vuelto a dejar

que Alex mirara películas de terror? ¡Sabes perfectamente que eso hace que tenga pesadillas!

—¡No! Yo...

—¡Estás castigada, Randi! ¡Estás castigada para el
resto de las vacaciones! —gritó mi padre.

—Pero... —empecé a decir.

Tyler apareció de pronto corriendo desde la galería,
con Brad detrás.

—¡Mamá! ¡Papá! ¡Qué contento estoy de veros!
—gritó antes de lanzarse sobre mamá y darle un abrazo.

En ese mismo momento ya debería haber sospe-
chado que algo malo ocurría. Tyler nunca daba abra-
zos espontáneamente.

—Tyler —dijo papá con una voz serena y seria—.
¿Habéis permitido que Alex viera películas de terror?

—¿Perdón? —preguntó Tyler—. ¿A qué te...?

—Bien, pues tú también estás castigado, jovencito
—le interrumpió papá.

Yo le tiré de la manga y le dije:

—Papá, tienes que escucharnos. No estábamos mirando películas de terror. Alex tiene razón. En la casa
había criaturas que eran reptiles gigantescos.

—¿Qué? —preguntó mi padre.

—Los había. ¡Dile que los había, Tyler! ¡Díselo!

Brad susurró algo en el oído de Tyler. Mi hermano se echó a reír.

¿Pero qué ocurría? Unas criaturas del espacio con enormes colmillos casi nos capturan para hacer con nosotros una barbacoa, ¿y a mi hermano gemelo no se le ocurre más que echarse a reír?

¿Cómo podía?

—Randi se quedó dormida mientras mirábamos esa película —dijo Tyler. Le encontraba la voz sumamente extraña. Parecía como distante. Como distraída—. Todo eso lo ha soñado. No saltamos al árbol para salir de casa. Vinimos hasta aquí andando.

—¡Eso no es cierto! —grité.

—¡Castigados! —gritó a su vez mi padre—. ¡Los dos!

Los castigos de mi padre no son nunca injustificados. Me sentía fatal. Y luego pensé que estar castigados implicaba permanecer encerrados en esa casa.

—No sabíamos que estuviéramos haciendo nada malo —continuó diciendo Tyler con aquella voz tan extraña—. Mamá, papá, os presento a Brad Mills. Vive aquí, en esta ciudad. Nos había dicho que cuidaría de nosotros, que nos enseñaría dónde pasan el sábado por la noche los demás chicos y chicas.

—Sabéis perfectamente que no podéis salir de casa sin permiso —dijo papá, esta vez con un tono algo más calmado.

—Hola, Brad —dijo mamá—. Larry, ¿no te alegra que los chicos estén haciendo amigos aquí?

Se quedó mirando a papá fijamente. Este se tomó un par de minutos para reflexionar y finalmente dijo:

—Bien, de acuerdo, chicos. Esta es vuestra primera falta en el viaje. No os castigaré por ello. Pero a partir de ahora quiero que quede absolutamente claro: nada de salir de la casa de noche sin que vuestra madre o yo os demos permiso. ¿Queda claro?

—Pero papá... —insistí.

Papá me miró con expresión severísima.

—¡Raandi...!

—¿Lo entendemos, papá, lo entendemos! —se apresuró a intervenir Tyler—. Y una cosa, ¿puede quedarse Brad a pasar la noche con nosotros?

—Bueno, podemos consultarlo con sus padres —contestó mamá.

Brad le ofreció su sonrisa perfecta a mamá.

—¡Gracias, señora Freeman!

Ella le devolvió la sonrisa.

—Bueno, nosotros íbamos a volver a la casa para

ver cómo estabais —dijo papá—. Creo que ya es hora de que todos vayamos para allá.

—¡Claro, papá! —dijo Tyler con una sonrisa de oreja a oreja.

¡Sopla! ¿Qué demonios le pasaba a mi hermano?

—¿Y qué ocurrirá si...? —empecé a decir.

¿Qué ocurriría si al volver encontrábamos a los lagartos del espacio todavía en aquella casa?

Pero me tragué el resto de la pregunta. Si los extraterrestres seguían allí, mamá y papá llamarían a la policía. Y eso me parecería la mar de bien... Siempre que los extraterrestres no nos vieran.

Volvimos a casa, sin más novedad, en el monovolumen. Ningún extraterrestre nos persiguió. Pero cuando papá aparcó en el camino de entrada yo no quería salir del coche. ¿Qué sucedería si en el interior de la casa todavía permanecía algún extraterrestre?

Papá se había quedado mirando la entrada. La puerta estaba abierta de par en par. La luz del interior iluminaba el porche.

—¿Habéis dejado esa puerta abierta, chicos? —nos preguntó mirándonos por encima del respaldo del asiento.

—¡No! —respondimos Tyler y yo al mismo tiempo.

No habíamos utilizado la puerta delantera en ningún momento de la tarde. Lo único que habíamos abierto era una ventana del piso superior.

—Esperad aquí —nos ordenó papá.

—¿No crees que deberíamos llamar a la policía? —pregunté yo.

—No pasa nada. Simplemente voy a comprobar que todo está bien —murmuró papá.

Así que salió del coche y caminó sobre el césped, sin dejar de mirar hacia la casa.

¿Pero qué ocurriría si los extraterrestres lo estaban esperando? Me incliné hacia delante para gritarle a mi padre que retrocediera, pero Brad, que estaba junto a mí en el asiento trasero, me tapó la boca con la mano.

—No te preocupes —me susurró muy bajito, para que mamá no pudiera oírlo—. Se han ido.

Yo asentí, pero de todos modos, ¿cómo podía estar tan seguro?

Papá cruzó el porche y se acercó a la puerta principal. Se quedó allí durante un momento y dijo algo dirigiéndose al interior. No pude entender qué decía.

Luego se dirigió hacia el umbral de la casa y desapareció en su interior.

Los minutos pasaban, y no volvía. Ni rastro de

mi padre. Ningún sonido. Ningún nada desde el interior de la casa. ¿Qué estaba ocurriendo allí? ¿Por qué no salía?

Un horrible pensamiento me vino a la cabeza.

¿Y si los extraterrestres lo habían capturado?

CAPÍTULO 10

—Yo no espero más —dijo mamá cuando ya habían pasado otros cinco minutos—. Vamos, chicos.

Abrió la puerta del coche y empezó a caminar hacia la casa.

—¡Espera, mamá! Tendríamos que llamar a la policía —le advertí, saliendo tras ella. Miré hacia las casas de los alrededores—. Podríamos pedirles a los vecinos que llamaran —añadí, señalando a una casa en la que se veían luces, calle abajo.

Mamá se lo pensó un rato, pero finalmente dijo:

—Primero iremos hasta la puerta y gritaremos. Quizá vuestro padre se haya distraído con algo, y ya está.

De modo que subimos hasta el porche y mamá se asomó por la puerta.

—¿Qué es eso que huele tan mal? ¿Os habéis vuelto a dedicar a probar experimentos químicos en la cocina?

—No —dije yo.

—Sí —respondió Tyler al mismo tiempo.

¡Y dale! ¿Qué le pasaba a mi hermanito? Me volví para observarlo de cerca.

Él y Brad permanecían muy juntos, lo bastante juntos como para que Brad le susurrara. Tyler hizo que la yema del dedo índice chocara con al del índice opuesto, lo que en nuestro código de gemelos quería decir «sígueme la corriente».

Le respondí poniéndome el índice en la sien y girándolo. Eso lo que quiere decir es «¿Estás loco?»

—¿Larry? —gritó mamá—. Larry, ¿estás bien? si no me contestas voy a llamar a la policía.

—Estoy bien, Helen. Todo está bien —gritó papá desde lo alto de las escaleras—. Pero eso sí, ¡aquí el desorden es monumental!

«¿Desorden?», pensé. Habíamos vuelto a poner las cosas en su sitio en el armario «prohibido», ¿verdad? Y también me parecía recordar que lo habíamos vuelto a

cerrar, pero eso no lo tenía tan claro. Recordaba lo que había ocurrido con una confusión tremenda.

Mamá, Tyler y Brad pasaron al interior de la casa. Yo iba por detrás, algo rezagada, y seguía pensando que algún extraterrestre despistado aparecería por allí.

—¡Anda! —exclamó Tyler desde arriba de las escaleras.

El llegar a mi habitación me di de bruces con él. Se había quedado plantado, contemplando el desolador panorama. Parecía como si por allí hubiera pasado un tornado. Los muebles estaban fuera de su sitio. La colcha, las mantas, las sábanas, todo lo habían arrancado de la cama, y habían vaciado completamente la cómoda, sacando todos los cajones y volcándolos sobre el suelo.

En cuanto a las muñecas, no quedaba ni una sobre los estantes. Las habían esparcido por el suelo, de cabo a rabo, y lo mismo había ocurrido con lo que estaba guardado en el armario.

Y por encima de todo destacaba constantemente en el aire aquel olor espantoso a amoníaco, por mucho que la ventana estuviera totalmente abierta.

Me sentía como si alguien me hubiera dado un puñetazo en la boca del estómago.

Miré a Tyler. Me preguntaba si él se sentía tan dis-

gustado y furioso como yo. A veces experimentábamos las mismas sensaciones, al mismo tiempo.

Tyler simplemente miraba hacia delante, como ausente.

Mamá se había colocado detrás de mí y me puso sus cálidas manos en los hombros.

—¡Vaya, cariño! —me dijo—. Por lo que parece nos han robado.

«¡No! —quería gritar—. ¡Eso no es en absoluto lo que ha ocurrido aquí!»

—Tendremos que llamar a la policía —dijo papá.

Se dirigió al piso de abajo, en donde estaba el teléfono. Tyler y Brad avanzaron hacia la ventana evitando pisar las muñecas y demás objetos. Yo fui detrás de ellos. Miramos hacia el patio trasero.

Allí estaba la extensión de césped. Volvía a estar vacía. Ni luces, ni nave espacial, ni lagartos gigantes del espacio yendo de aquí para allá.

Al cabo de un momento me sentí aliviada. Lancé un profundo suspiro. Por lo menos los extraterrestres se habían ido de verdad.

—¡Sí! —dijo Brad, haciendo chocar el puño cerrado en la palma abierta de la mano opuesta—. ¡Se han rendido! ¡Es fantástico!

Nos dio una palmada en el hombro, tanto a Tyler como a mí. Me vi obligada a sonreírle. ¡Parecía tan contento!

«Es normal que lo esté —pensé—. Se ha librado de los extraterrestres.»

Al cabo de quince minutos apareció por mi habitación un agente de policía. Se puso a mirarlo todo y me preguntó si echaba en falta algo. Le contesté que con tanto desorden me costaba asegurarlo, pero que no creía que me faltara nada.

Comprobó también el resto de la casa, y nosotros íbamos detrás de él. Pero de arriba abajo, lo demás parecía perfectamente normal. El problema estaba en mi habitación.

El agente le dijo a mi padre que completaría una denuncia por asalto y daños intencionados, y que volvería a visitarnos si avanzaba en algún aspecto de la investigación. Dijo también que lamentaba que pasáramos por una «experiencia tan desagradable» en nuestra primera visita a esa ciudad.

«Experiencia desagradable», así lo llamaba. ¡Me daban ganas de echarme a reír! ¡Aquel señor no tenía ni idea de lo desagradable que había sido mi experiencia!

Mamá y papá me ayudaron a limpiarlo todo.

La cara de porcelana de una de las muñecas se había roto. Recogimos las piezas y las colocamos en un platito. Mamá dijo que tal vez podríamos volver a juntarlas con algún pegamento.

A otras muñecas se les había ensuciado el vestido, o se las veía despeinadas. Pusimos a un lado todas las que nos parecía que necesitaban más trabajo, y en cuanto al resto, las colocamos en los estantes, respetando, en la medida de lo que podía recordar, el orden inicial.

Las muñecas seguían sin gustarme en absoluto, pero tampoco me gustaba pensar en la chica que vivía en esa habitación, en que podría volver y encontrarse con sus cosas estropeadas y revueltas.

Cuando acabamos de ordenar se había hecho ya muy tarde. Me sentía absolutamente exhausta.

El mal olor ya había desaparecido casi por completo en mi cuarto, pero aun así no quería dormir allí. Así que mamá dijo que podía hacerlo en el sofá.

Pero antes tuvo que echar de la sala de estar a Tyler y a Brad. Se habían instalado allí para comer palomitas de microondas y para mirar películas de terror.

¿Cómo podía ser que actuaran con semejante despreocupación, después de lo que había ocurrido, si

ellos y yo habíamos pasado por la experiencia más terrorífica de nuestras vidas? No me lo podía explicar. No lo entendía. Pero también estaba tan cansada que no podía pensar en nada que no fuera dormir.

Bostecé. Y decidí que al día siguiente ya podría preguntárselo a Tyler, para que despejara mis dudas.

Cuando abrí los ojos al día siguiente, Tyler, Brad y Alex estaban sentados bastante cerca del televisor. Hacían ruido al comerse sus cereales.

Más exactamente, Tyler y Alex hacían el ruido acostumbrado. Brad se limitaba a meter cucharadas y a dejarlas caer de nuevo en el bol. Una rareza más del personaje.

—¡Uf, vaya nochecita, la de ayer! —comenté a modo de saludo—. ¿Estáis todos bien?

Brad se volvió y me sonrió.

—Todo es fantástico. Ahora sí que se han ido de verdad.

Tyler se tragó una cucharada de cereales y dijo:

—¡Vaya experiencia, fue increíble! ¿No crees que esos reptiles son perfectos para nuestra película? Brad y yo hemos estado pensando en cómo hacer disfraces para ser clavaditos a ellos.

—¿Qué? ¿Estáis locos? ¡No quiero que ninguna de

esas cosas tenga que ver con nada de mi película! —grité—. ¡No quiero volver a ver a esos monstruos, ni a nada que se les parezca, nunca!

—Pero realmente daban mucho miedo —me rebatió Tyler—. Por otro lado, nuestra película no es sobre nada en concreto. Lo único que hacemos es ir filmando cosas que encontramos interesantes, con la esperanza de que más tarde podamos encontrar un hilo conductor.

»Brad y yo —continuó— hemos estado hablando de cómo darle una trama a nuestra película. Si tuviéramos un argumento, Brad y yo podríamos limitarnos a filmar las escenas que hagan falta para darle unidad a todo el material.

¿Había dicho «Brad y yo»? ¿Pero de quién era esa película, en definitiva? ¿Y desde cuándo Tyler, mi hermano gemelo, el mejor amigo que tenía, me dejaba a un lado así, sin más?

Todo eso no me gustaba. No me gustaba lo más mínimo.

—Brad dice que tenemos que olvidarnos del tema de los fantasmas, que en lugar de eso tenemos que limitarnos a los extraterrestres —me dijo Tyler, recalcando lo que decía con la cuchara.

—Pero Tyler...

¿Qué se suponía que íbamos a hacer con la gran cantidad de material rodado en los cementerios de Nueva Orleans? ¿Qué íbamos a hacer con eso? ¿Tirarlo?

—Pero Tyler...

—Podemos empezar con una escena de todas esas muñecas, una vez que vuelvan a estar limpias —continuó diciendo Tyler.

Miré a Brad, quien a su vez miraba sonriente a Tyler. Era idea suya. Estaba segura. Y por algún motivo aquella situación me hacía sentir incómoda. Quería que Brad saliera de nuestras vidas, tan pronto como fuera posible.

—Entonces, Brad —dije, interrumpiendo a mi hermano—, ahora que la nave espacial se ha ido, podrás volver a casa con tus padres, ¿verdad?

—¿Mis... Mis padres? —dijo Brad, dubitativo, como si no hubiera oído hablar de sus padres en la vida.

—Claro. Tú has crecido aquí en Blairingville, ¿verdad? Pues bien: lo que vamos a hacer es llamar a tu familia. De hecho podríamos hacerlo ahora mismo —presioné—, ¿qué te parece?

—Mmm... Bueno... ¿En qué año estamos? —preguntó Brad, despacio.

Le dije en qué año estábamos.

—Es que... Fíjate, he sido muñeco durante dos años —explicó—. ¡Mis padres seguro que creen que he muerto! No puedo llamarles así, de pronto, ahora mismo.

Levanté una ceja, escéptica.

—¿Pero cómo es eso? ¿No quieres volver a verlos?

—Tengo que... Tengo que pensar cómo decirles que sigo vivo —dijo pestañeando—, sin correr el riesgo de que a los dos les dé un ataque al corazón cuando me vean. Lo único que necesito es algo de tiempo.

Ay. Eso no tenía ningún sentido, ¡ninguno! No podía imaginarme sin comunicarles a mis padres que estaba bien, y más todavía después de haber desaparecido durante dos años. A menos que me hubiera vuelto loca, o algo parecido.

Un momento, un momento... Quizá se tratara de eso. Quizá Brad estaba como un cencerro. Claro, cualquiera sabía qué consecuencias entrañaba para un ser humano que unos lagartos gigantes lo redujeran al tamaño de una muñeca...

—¡Y estoy taaaan contento de poder moverme otra vez! —dijo Brad.

Se puso la mano frente a la cara y movió los dedos de uno en uno, y luego todos juntos.

Lo miré fijamente mientras seguía hablando con Tyler sobre qué hacía falta para rodar una gran película de terror. Capté un brillo extraño en sus ojos. Un brillo que me hizo estremecer. No cabía ninguna duda. A Brad le faltaba un tornillo. No podía quedarse ahí.

Y si lo que quería era librarme de él, sabía que iba a tener que recurrir a la artillería pesada.

Iba a tener que hablar con mamá.

CAPÍTULO 11

Si pudiera hacer que mamá le preguntara a Brad sobre sus padres, tendría el triunfo en el bolsillo. Mamá
no se dejaría enredar. Mamá obligaría a Brad a llamar a
sus padres. De hecho, me había sorprendido que no
insistiera en que les llamara durante la noche pasada.
Era de suponer que todo aquel lío había pillado por
sorpresa a mi madre, y luego su instinto materno no
había funcionado con la eficacia habitual.

Antes de poner el plan «¡Mamá al ataque!» en marcha me di una buena ducha. Cuando llegué a la cocina,
todo el mundo estaba sentado a la mesa. Tomé la caja de
Chocolate Puffs para servírmelos en un bol.

—En fin —estaba diciendo Tyler—, que ha habido una emergencia con el tío de Brad en México, y su familia ha tenido que salir de la ciudad a toda prisa. No han podido esperar a Brad para que fuera con ellos. Así que... ¿puede quedarse con nosotros?

¿Qué? ¡Esa era una historia totalmente diferente a la que Brad había contado antes! ¡Se le veía el plumero! ¡Ese chico estaba muy equivocado si pensaba que mis padres iban a tragarse semejante berza!

Lo bueno era que Brad iba a ahorrarme las molestias de poner en marcha el plan «¡Mamá al ataque!». Qué cosas.

Mastiqué mis cereales, a la espera de que mamá metiera la directa.

Brad estaba en su silla, echado hacia atrás. Jugueteaba con un colgante que tenía atado a un cordón negro alrededor del cuello. Yo no había reparado en ese detalle antes. Un brillante de color rosado destellaba a la luz de la lámpara de la cocina.

Miré a mamá.

Seguro que iba a dejar esa historia hecha picadillo en cuestión de segundos.

Pero en lugar de eso seguía sentada allí, con la boca medio abierta, mirando a Brad.

Pequeños destellos de luz le bailaban por el rostro

y le brillaban en los ojos. Me volví para mirar a papá. En su cara también se veían esos reflejos.

Con el rabillo del ojo vi que Brad hacía girar el colgante. ¡De ahí venía la luz! Brad dirigía la luz reflejada en su colgante directamente a mis padres. ¿Pero por qué?

La boca de mi madre se cerró de pronto.

—¡Naturalmente que sí! —dijo al cabo de un minuto—. Nos encantará que Brad permanezca con nosotros durante tanto tiempo como desee.

—¿Quéeeeee? —grité.

—¿Deseas comer algo más, Brad? —preguntó mamá, ignorando mi salida de tono.

—No, gracias, señora Freeman —contestó, ahuecando la mano en torno al colgante y con su sonrisa blanca y amplia.

Miré a su plato. Rebosaba de huevos y tostadas. No parecía que hubiera comido nada... ¿Por qué entonces mamá le ofrecía más comida?

Allí estaba ocurriendo algo raro. ¡Allí estaba ocurriendo algo rarísimo!

Sacudí la cabeza. No, eso era más que raro. Mis padres no actuaban como acostumbraban. No actuaban como yo sabía que lo harían en condiciones normales.

Parecía como si Brad les estuviera influenciando de

algún modo. Parecía que les estuviera controlando para poder conseguir sus propósitos. ¿Utilizaba el colgante para lograrlo?

No. Eso no podía ser. Eso era imposible. ¿O no?

Ahora iba a comprobarlo.

—¿Mamá?

—Dime, cariño.

Mi madre se volvió hacia mí. En sus ojos había una expresión turbia, una expresión confusa que no tenía nada que ver con la mirada clara y penetrante que la caracterizaba.

Vaya. Eso era fatal. Necesitaba pensar, y necesitaba hacerlo rápidamente.

—Nada —respondí al fin.

Tyler se puso en pie como un resorte.

—Vayamos afuera —dijo convocándonos.

Brad y Alex lo siguieron.

Yo me bebí el resto de los Chocolate Puffs como si fueran una sopa y me apresuré a salir tras ellos.

Tyler estaba agachado sobre el césped, y examinaba las briznas de hierba.

—¿Dejó alguna marca? —murmuró—. ¡Ajá! —Se lanzó hacia una parte de la hierba y empezó a escarbar—. ¡Fijaos!

Señalaba a una depresión grande y profunda en la tierra.

Me agaché junto a él y miré lo que le había llamado la atención. Era una huella triangular que la nave espacial había dejado.

—Tendríamos que llamar al FBI —dijo Tyler—. O mejor todavía: deberíamos llamar a una cadena de televisión. ¡Saldríamos en la tele!

Volvió a ponerse en pie y corrió hacia otro lugar en el que la hierba parecía levantada.

—¿Te has vuelto loco? —le pregunté a Tyler—. No tienes manera de demostrar que esta marca la dejó una nave espacial. Cualquier niño con una pala de playa puede hacer un agujero como este.

Me senté en la hierba y lancé un suspiro mientras Tyler bailaba alrededor de otro agujero en el suelo. Alex, a su lado, reía y aplaudía.

Miré hacia Brad, arrodillado junto a mí en el primer agujero. Estaba inclinado hacia delante, apoyado en las manos, con la cabeza oscilante. Ya no sonreía. Tenía el rostro grisáceo y pálido. Pensé que tal vez se encontraba mal.

Me incliné hacia él.

—¡Eh! —le dije.

Él levantó la cabeza y me miró. Los ojos parecían hundírsele. Se estremeció.

Y luego...

¡En lugar de mirar a Brad, estaba mirando de pronto a la cara espantosa de un lagarto del espacio!

CAPÍTULO 12

Un lagarto del espacio con reflejos violáceos en la piel escamosa y gruesa, de ojos amarillos y fríos, de largos y afilados colmillos.

Di un grito y salté hacia atrás. El corazón se me había desbocado. El sudor me brotó en la frente.

Brad nos había asegurado que todos los extraterrestres se habían marchado. Pero había mentido. Sí, todos los extraterrestres se habían marchado... ¡excepto él!

Tragué saliva, abrí y cerré los ojos con fuerza...

La cabeza de lagarto desapareció.

Brad me sonreía. Volvía a parecer un anuncio de

dentífrico. Y no, la piel del rostro no era gris, sino que lucía un bronceado impecable. Y la cabeza la cubrían unos cabellos rubios, no escamas de reflejos violáceos. ¿Y la dentadura? Perfecta, blanquísima: nada de colmillos prominentes.

¡Qué alivio! Aquello no era ya más que una pesadilla, y felizmente la había dejado atrás.

¡Simplemente, había estado alucinando! ¿Verdad que sí?

Decidí que en aquel momento no importaba si estaba alucinando o no. Lo que necesitaba por encima de todo era librarme de Brad.

Me enderecé, y Brad sujetó su colgante. El sol se reflejó en el brillante rosado. Durante un segundo me deslumbró. Intenté protegerme los ojos, pero no pude.

«No te muevas», dijo una voz en mi cabeza. Y comprendí que no podía mover ni un solo músculo.

«Siéntate», ordenó la voz. Me desplomé sobre la hierba.

«Has visto mi rostro auténtico. Sé que lo has visto. Sabes que soy uno de ellos», continuó diciendo la voz.

Vi que Brad me miraba, y comprendí que era su voz, que la voz de Brad era la que resonaba en mi cabeza.

«Si han vuelto ha sido para llevarme con ellos. Pero yo no quería ir con ellos. ¿Puedes entenderlo?»

Mi cabeza asintió como respuesta.

«Muy bien —retumbó su voz en mi cerebro—. Lo único que quiero es quedarme aquí. Pero si quiero conseguirlo necesito una ayuda muy especial de uno de vosotros.» Los ojos azules se le hicieron más grandes. Cuando me miraban parecían encendidos por la fiebre.

—Es a ti a quien necesito, Randi —dijo en voz alta, levantando el colgante—. Alex es demasiado pequeño, tus padres son demasiado importantes para mi futuro y bueno, voy estableciendo una buena relación con Tyler. Lo siento, Randi. Tú también me gustas. Lo que pasa es que no me gustas tanto como Tyler.

Me deslumbró con el cristal en los ojos otra vez. Me sentía hipnotizada por los dibujos que veía en la luz: figuras geométricas y flores, luminosas, preciosas.

—Escucha con atención —me susurró con suavidad la voz de Brad—. Tú me obedecerás. No podrás revelar nada que me descubra, y siempre harás lo que te pida, sea lo que sea, sin preguntas.

Pestañeé. En ese momento parecía como si la luz me agrediera, como si me penetrara en la piel lo mismo que esquirlas de cristal.

Intenté sacudir la cabeza, pero no pude.

Volví a tragar saliva.

—Échate en el porche —me indicó.

Caminé hacia el porche y me tendí de espaldas.

—Y ahora siéntate —susurró Brad.

Erguí el tronco tan rápidamente que el estómago me dolió.

Brad me dio unas palmaditas en la cabeza. ¡Unas palmaditas! ¡Como si fuera un perro obediente!

—Muy bien —dijo.

El rostro se le contrajo en una extraña mueca.

«¡No! ¡Esto no puede estar pasando! —gritaba mi propia voz interior—. ¡Esto no puede ser verdad! Pero en cambio, así es.»

Sí, así era: ¡Un extraterrestre me estaba controlando!

CAPÍTULO 13

Brad exhaló un gran suspiro y tomó asiento en el porche.

—Estupendo. Ahora que todo ha quedado claro... —tocó con la mano el banco que tenía al lado—, siéntate aquí.

Me levanté como una marioneta en la cuerda y me dejé caer junto a él. La piel me daba tirones. No me lo podía creer. Era como si no tuviera ningún control en absoluto sobre mi cuerpo. Brad me dijo que me sentara junto a él. Así lo hice. Justo a su lado. No podía separarme de él ni un centímetro.

—Ese es mi problema —continuó diciendo Brad—.

Este cuerpo humano no es lo bastante bueno. Se suponía que solamente iba a durar lo que nuestra misión en este planeta: un año. Pero justo cuando estábamos llegando al final de nuestra misión, la echamos a perder. Y todos fuimos encogidos.

—¿Encogidos? —pregunté.

Inmediatamente me toqué la garganta, sorprendida de poder hablar sin su permiso.

—Oh, ya sabes. —Se tocó el cogote, en el lugar en el que se encontraba la almohadilla negra.

Lo había olvidado. ¡Si la hubiera usado para encogerlo antes de que empezara a agitar ese colgante delante de todo el mundo...!

—Un terrícola utilizó nuestra propia tecnología contra nosotros —continuó diciendo—. Eso fue lo que me llevó hasta la estantería de tu cuarto.

—Espera, espera un minuto —dije mientras intentaba asimilar tan gran torrente de informaciones—. ¿Me estás diciendo que el asunto de los extraterrestres que reducían a los niños para enviarlos al espacio y que se los comían...? Todo eso te lo inventaste, ¿verdad? Esos extraterrestres no vinieron a comérsenos, sino que venían a por ti. ¿No es eso?

—Sí, así es —reconoció encogiéndose de hom-

bros—. Pero tal y como te decía, este cuerpo se me está estropeando. No durará mucho más. Necesito formar uno nuevo, uno mejor, uno que pueda digerir comida terrestre y dormir en camas terrestres. Uno que dure años.

Durante un rato se quedó mirando hacia la lejanía. Luego continuó:

—Disponemos de una clase diferente de tecnología que nos permite intercambiar cuerpos con los de otras especies, pero esa no es una solución a largo plazo. Yo podría pasar al interior de tu cuerpo y haría que tú pasaras al mío, pero al cabo de tan solo un año yo habría gastado tu primitiva anatomía. Tu cuerpo sería inútil. Preciso de una solución más perdurable.

Me humedecí los labios y esperé a que me detallara su plan.

—Afortunadamente —continuó—, esos que vinieron a buscarme se dejaron todo el equipo en ese armario en lo alto de las escaleras. De manera que dispongo de la tecnología necesaria para formar un cuerpo enteramente nuevo y para hacer que mi conciencia pase a él. Lo que ocurre es que necesito un calco humano para ayudarme a que la formación sea la correcta, y para disponer correctamente y en su integridad esos pequeños

detalles terrícolas. Necesito crear unos intestinos y un estómago que sean correctos, y un cabello que no se caiga, y un sentido del equilibrio que no me obligue a estar cabeza abajo en las horas de sueño. También sería una mejora que el corazón estuviera en el lugar correcto, en lugar de en la parte inferior de mi estómago.

Me miró a los ojos durante un rato, y luego sonrió con tristeza.

—Podría utilizar a Tyler como calco, pero Tyler es mi amigo. Randi, tendrás que ser tú.

Sentí que el frío me invadía. ¿Brad iba a utilizarme como calco humano? ¿Qué quería decir eso? Fuera lo que fuera, no sonaba nada bien.

Para sonreír transformó la boca en una mueca, con un extremo más alzado que el otro.

—No te preocupes —susurró, mientras volvía a darme palmaditas en la cabeza—. No te dolerá... demasiado.

CAPÍTULO 14

Cerré los ojos. Brad estaba planeando herirme —quizás incluso matarme— ¡y yo no tenía manera de escapar!

—Brad, ¿qué pasa? —gritó Tyler, que seguía corriendo y saltando sobre la hierba.

Brad se irguió.

—¡Vaya, lo olvidé! —Se inclinó hacia delante y dirigió el reflejo del colgante en dirección a Tyler—. Ahora puedes relajarte —susurró, y Tyler se desplomó allí mismo, con Alex detrás de él.

Ambos estaban exhaustos de tanto corretear por allá.

Brad se levantó, y yo hice lo mismo.

¿Era posible? Había sido yo misma quien le había

dicho a mi cuerpo que se moviera, y en esta ocasión había obedecido. En ese mismo momento me movía porque yo había decidido hacerlo.

Brad se dirigió hacia el césped a través del porche. ¿Podría aprovechar para escapar? No, me di cuenta de que no había manera de hacerlo. Si lo intentaba, Brad podría volverse y darme órdenes en cualquier momento. Me habría detenido en seco.

Brad empezó a bajar las escaleras por delante de mí. En esos momentos tenía aquella almohadilla negra del cogote justo frente a mí. No podía huir, pero quizá sí que podría empequeñecerlo antes de que pudiera rechistar. ¡Y así evitaría de paso que siguiera dándome órdenes!

Me lancé hacia su cuello para tocarle la almohadilla negra del cogote.

Él se volvió como un rayo y me agarró la mano. Me apretó tan fuerte que pude sentir que los huesos se juntaban y se atropellaban unos con otros. «¡No vuelvas a hacerlo!», dijo. Aquella voz sonaba imperiosa, y los ojos estaban tan abiertos que podía verle todo el blanco alrededor del iris.

Sin soltarme, levantó el colgante con su otra mano y me dirigió el reflejo a los ojos.

—¡Si se te ocurre volver a intentar hacerme daño,

sentirás como si estuvieras ardiendo! ¡Ardiendo hasta la muerte!

Le dio un último buen apretón a mi mano antes de soltarla.

Sentía un gran malestar en el estómago. ¿Qué se suponía que iba a hacer ahora? No disponía de ninguna fuerza ante Brad. Era absolutamente impotente.

Brad avanzó hasta donde Tyler se encontraba y se sentó.

—No sé —dijo Tyler, que se había erguido y miraba la tierra removida—. Al principio pensaba que esto iba a ser un gran asunto, pero es verdad que no puedes deducir gran cosa por estas huellas. —Tocó el contorno del agujero del suelo—. Yo sí sé que aquí aterrizó una nave espacial anoche, pero en realidad nadie podrá creérselo con solo mirar un agujero en el suelo. No entiendo de dónde me venía tanta alegría y emoción. Aquí no hay ninguna prueba real de visitantes extraterrestres.

«Mira lo que tienes justo delante y verás a un visitante extraterrestre», quería decirle a Tyler. Abrí la boca...

¡Y empecé a toser y toser! ¡Me ahogaba!

Tosía tan fuerte que caí al suelo. ¡No podía parar!

Brad me miró desde arriba.

—¿Qué ocurre? —dijo entre risitas—. ¿Se te ha atragantado un marciano? —Se agachó para estar más cerca de mí y susurró—: Te había ordenado que no me delataras, ¿recuerdas? Inténtalo, y solamente conseguirás hacerte daño.

Tosía tan fuerte que sentía como si los pulmones fueran a salírseme. «De acuerdo —pensé—. No le hablaré de este asunto a nadie.»

Dejé de toser. Pero me ardía la garganta, y me dolían las costillas por el ataque que acababa de tener. ¡Ay! Brad tenía en sus manos hacer que mi cuerpo se volviera contra mí, completamente. ¿Cómo podría luchar contra algo así?

Durante el resto de la mañana anduve como sonámbula tras Tyler, mientras este comprobaba por toda la casa si los lagartos del espacio se habían dejado algo más. Él buscaba, y yo no dejaba de pensar. ¡Tenía que encontrar una salida a esa situación tan horrible!

Después de la comida Brad volvió a levantar el colgante.

Me estremecí. ¿Qué podía querer ahora?

—Todos vosotros, excepto Randi, ¿no tenéis ganas

de hacer una buena siesta? —les preguntó Brad—. ¿Una buena siesta, bien larga?

—¡Qué buena idea! —dijo mi padre.

Mamá bostezó. Los ojos de Alex se cerraban.

—Id a vuestras camas en las habitaciones de arriba. Allí estaréis cómodos —les ordenó Brad—. Podréis descansar como es debido y, cuando yo os lo ordene, os despertaréis sintiéndoos en plena forma.

—De acuerdo —dijo Tyler, pestañeando.

Mamá, papá, Tyler y Alex se dirigieron escaleras arriba. Brad me sonrió.

—¡Bien! —dijo con alegría—. Ahora sí que podremos dedicarnos a trabajar.

Empezó a subir las escaleras por delante de mí.

—¿Dónde está la llave del armario? —preguntó.

Fui a buscarla y la encontré en la habitación de Tyler. Este estaba tendido de espaldas en su cama. Había tardado muy poco en dormirse como un tronco. Descansaba tan profundamente que parecía muerto... Aunque podía oírle respirar.

Brad abrió el armario, accionó el interruptor y se dirigió directamente hacia las cajas. Estuvo revolviendo entre ellas un buen rato.

—Perfecto, perfecto... —iba murmurando, entu-

siasmado, mientras sacaba y volvía a meter artículos de todos los colores—. ¡Todo esto es absolutamente fantástico! Ahora lo único que necesito es decidir dónde instalo mi taller.

Salió del armario y miró al exterior desde las ventanas de la habitación de mamá y papá. Yo lo seguía.

—¿Esa casa de al lado está vacía? —preguntó.

—Sí —le contesté.

—Estupendo. Si es así, vamos para allá.

Volvimos al armario. Brad me dijo que extendiera los brazos y me cargó con dos cajas. De transportar la tercera se encargó él.

Lo seguí en su recorrido por la parte trasera de la casa de al lado. Brad se sacó algo del bolsillo y lo utilizó para tocar la puerta trasera. La puerta se abrió como por arte de magia.

—¿Cómo has hecho eso? —le pregunté.

—Es una llave universal. Lo abre todo —me dijo mostrándomela—. Cuando disponga de mi cuerpo permanente la vida será lo más de lo más.

Parecía evidente que Brad iba a necesitar su «cuerpo permanente» cuanto antes. Su piel parecía cada vez más holgada y suelta. Y también se diría que el tono tendía al gris.

Buf. «Esto es extremadamente grave», pensé.

Brad cruzó la cocina vacía y abrió una puerta. Tras ella, unas escaleras llevaban al sótano. Accionó el interruptor que había en lo alto de las escaleras, pero aquella luz no funcionaba.

—Me parece que tendré que proporcionar mi propia energía —susurró.

Dejó a un lado su caja y extrajo otro artilugio del bolsillo. Lo hizo mayor con unos golpecitos y luego lo prendió, con lo que obtuvo un globo de luz brillante y verdosa.

«¡Vaya! Esos artilugios de extraterrestres son de lo más sorprendentes», pensé. Brad se puso la lámpara en la cabeza y bajó trotando las escaleras.

—Vamos, sígueme —me indicó.

Así lo hice, con mis dos cajas.

El sótano estaba vacío y frío. Olía a moho y a podrido. Brad colocó el globo de luz en el techo, que era bastante bajo, de manera que se quedó allí prendido.

Mis ojos inspeccionaron la estancia. Podía verse un suelo de hormigón oscuro cubierto de polvo y grasa. En algunas de las paredes había maderos y material de aislamiento. En un oscuro rincón se distinguía un gran horno cuadrado, y otra parte del sótano estaba dividida por diversos estantes.

Brad fue hacia una ventana delgada y la abrió con la llave universal. Luego extrajo pequeños objetos de las cajas y los hizo mayores.

—Esto es un filtro de aire —me explicó al tiempo que colocaba una extraña pirámide de alambre en una de las esquinas—. Y esto una unidad de energía —añadió llevando otro de los artilugios a las cercanías de la ventana.

Lo amplió hasta que alcanzó el tamaño de un lavavajillas. Luego extrajo del aparato tres cuerdas amarillas.

—Tanque de crecimiento —murmuró dando golpecitos a alguna otra cosa en su lateral, de modo que creció hasta tener un tamaño similar al de una caja de zapatos, luego al de un baúl y luego al de una nevera, o algo mayor.

Me acerqué para examinarlo más de cerca. Podía ver a través de las paredes laterales, con todo el cableado que había en su interior. Me estremecí. En cierto modo parecía un extraño ataúd transparente.

—Y por último...

Brad hizo crecer una gigantesca silla amarilla. En la parte trasera de dicha silla se erguía un objeto azul y grande como una pizza familiar en forma de flor.

Brad me sonrió. No precisamente con simpatía.

Tomó unas cuerdas de la unidad de energía y las conectó en la silla y en el tanque.

Extrajo una cuerda gruesa y elástica de la parte posterior de la silla y la enganchó a algo que estaba al final del tanque de crecimiento.

Luego miró hacia donde yo me encontraba y levantó una ceja.

—Siéntate —dijo.

Intenté resistirme, intenté retroceder, y subir por esas escaleras para salir de esa casa. Pero era inútil. Brad tenía el control.

Sin dejar de gimotear fui hasta la silla. Escalé para sentarme en ella. En cuanto estuve arriba, Brad presionó un grupo de botones de colores. Ocho tentáculos surgieron inmediatamente de los lados de la silla y me envolvieron, aprisionándome de brazos y piernas y también por la cintura.

La flor azul del respaldo descendió hasta que me tocó la cabeza. Sus pétalos —frescos, suaves, casi húmedos— me envolvieron el rostro y los cabellos. Sentí que los extremos alcanzaban para cubrir hasta el cuello.

Y luego los pétalos empezaron a ejercer presión, y la iban aumentando... ¡Iban a asfixiarme!

No podía ver nada. Apenas podía respirar. ¡Y no podía moverme!

Me agarré a los brazos de la silla, luchando por permanecer con vida.

—Relájate —me recomendó Brad.

Una vez más, tuve que obedecerle. Me relajé. Completamente. Tras un par de minutos me di cuenta de que podía respirar sin problema.

—Muy bien —dijo Brad.

Momentos después, la flor volvía a alzarse para abandonar mi cara, y los tentáculos de la silla me soltaron.

—¡Listos! —dijo Brad—. Ya solamente nos falta la lista de la compra. Volvamos a tu casa.

Lo seguí, claro está.

Brad tomó una hoja del cuaderno magnético que mamá tenía en la nevera y un lápiz. Nos sentamos en la mesa de la cocina. Brad pensó un momento y luego escribió algo.

Luego se rascó la cabeza con la punta del lápiz.

Grité, horrorizada, en el momento en que —*¡Plas!*— un gran pedazo de cuero cabelludo cayó sobre la mesa.

CAPÍTULO 15

Se me revolvieron las tripas. Sentí un gusto amargo que remontaba mi garganta. Un pedazo peludo de la cabeza de Brad allí, en la mesa de la cocina.

Comprendí lo que ocurría: ¡El cuerpo se le estaba descomponiendo a ojos vistas!

—Puaaaj —gemí antes de poder controlarme.

Me puse la mano sobre la boca para evitar vomitar allá mismo.

Brad me miraba con ojos entornados.

—Vamos a tener que trabajar más deprisa de lo que creía necesario —murmuró.

Acto seguido recogió el trozo de cuero cabelludo y

lo tiró a la basura. Cerré los ojos con fuerza. La bilis volvió a subirme por la garganta. Me esforcé en tragar.

—Necesitaré muestras celulares de todos los miembros de tu familia —continuó diciendo Brad—. Así podré establecer un mapa genético básico y... —Se detuvo de pronto y me miró—: Bah, da lo mismo. Tómate un descanso de media hora. Nos vemos luego.

Me di una ducha y me cambié de ropa. Justo acababa de secarme el pelo cuando Brad entró en mi habitación.

—Mientras te cambiabas he cargado las muestras celulares de tu familia en el tanque de crecimiento —dijo Brad—. Ahora necesitaré unas cuantas cosas más. —Sacó un cuaderno y empezó a confeccionar una lista de la compra—. Montones de carne picada. Catorce litros de agua mineral. Todo lo mejor para mi cuerpo. Oligoelementos. ¿De dónde puedo sacar cobalto, cobre, yodo, manganeso y zinc?

—¿De las vitaminas? —sugerí.

—«Vitaminas» —apuntó—. Y cinco kilos de plátanos —murmuró. Luego cruzó el pasillo para entrar en la habitación de mis padres. Tomó la cartera de mi madre—. Aquí no hay suficiente efectivo —informó. Luego sacó la tarjeta de crédito—. ¿Sabes cuál es el número secreto de esto?

—¿Qué?

Me sentía de lo más ofendida. ¿Cómo se atrevía a robarle dinero a mi madre sin ni siquiera pestañear?

—No, no sé el número secreto de mamá —mentí.

Brad reflexionó un momento. Luego dijo:

—Ya se me ocurrirá algo.

Eso fue antes de que sacara las llaves del coche del bolso de mi madre.

—¡Ah, no! ¡Tú no puedes conducir nuestro coche! —grité—. ¡Ni hablar!

Un par de minutos después nos dirigíamos en nuestro coche al supermercado.

Brad se desvió hacia la izquierda. Al hacerlo, un girón de piel se le desprendió del antebrazo y se quedó colgando. Tenía un aspecto horrible, marrón, podrido.

Lo miré. Mis tripas volvieron a hacer de las suyas. Sentí náuseas.

—¡Vaya! —dijo él, reparando por fin en su brazo.

Apretó el pedazo de piel contra la carne viva. Se quedó pegado. O casi.

—Necesito una camisa mejor —dijo.

Me miró, pero yo no llevaba más que un chaleco. Pasé a la parte posterior del monovolumen y revolví

un poco por allí hasta que di con una camisa de trabajo de mi padre algo manchada de pintura. Por lo menos era de manga larga.

Brad lanzó un gruñido y se la puso.

Fuimos a un cajero automático del centro comercial y metió la tarjeta de crédito de mamá. Luego hizo algo con su llave universal. Segundos después la máquina le entregó un buen fajo de billetes.

Y entonces nos fuimos de compras.

Tuvimos que utilizar dos carros. Y tuvimos que hacer varios viajes.

Compró cuarenta kilos de carne picada en esos envases familiares, y carne para estofar también. Incluso compró algunos huesos en la carnicería. Ver toda esa carne roja, y pensar en lo que Brad quería hacer con ella no contribuía a que se me pasaran las náuseas.

Docenas de huevos. Seis kilos de plátanos. Dieciséis frascos de vitaminas, y paquetes y más paquetes de sal. Y tantas garrafas de agua de manantial que mis brazos estaban a punto de separarse del tronco cuando por fin las cargamos en el coche.

Luego volvimos a la casa vacía. Me obligó a descargar todas las provisiones allá en el sótano.

Brad abrió la parte superior del tanque de creci-

miento y empezó a tirar el material transportado desde el supermercado en su totalidad ahí dentro.

Durante un rato me pareció como si estuviéramos preparando una bebida proteínica de lo más extraña.

En cuanto acabamos de cargar el tanque, y una vez que había cerrado la tapa, me dijo:

—Ahora viene la parte divertida. Tienes que volver a sentarte en esa silla.

Ya la había probado antes, y no me había ido tan mal, me dije. Así que suspiré, resignada, y volví a subirme a la silla. Brad maniobró para que los tentáculos y los pétalos volvieran a envolverme, y yo, recostada en el respaldo, me relajé todo lo que pude. Sí. Realmente, ahora que ya no tenía miedo de la silla, me sentía realmente cómoda.

Pero entonces Brad encendió el interruptor.

Lo encendió de verdad.

Una horrible sacudida zarandeó mi cuerpo.

Con ese pétalo enorme sobre la boca, no podía ni siquiera gritar. Los pétalos se calentaban alrededor de mi cabeza. Sentía como si una infinidad de pequeñas agujas me estuvieran penetrando el cerebro.

Cada uno de los tentáculos que me sujetaban se ca-

lentó también. En ellos sentía el pulso de la energía que iba extendiéndose en mi interior.

Me debatía, e intentaba liberar mi cabeza, y las piernas, y los brazos, de esa presa, pero la silla, que no dejaba de zumbar, me tenía bien sujeta.

Por mucho que me opusiera, no podía escapar de allí.

CAPÍTULO 16

—¡Bien, por hoy ya es bastante! —dijo Brad con alegría desde algún lugar por detrás de mí.

El zumbido de la silla se detuvo, y todos sus componentes se enfriaron. Los tentáculos y la flor se destensaron y me soltaron.

Seguía sentada allí. No podía moverme de ninguna manera. Sentía como si una apisonadora me hubiera pasado por encima.

—Ven aquí, échale un vistazo a esto —me dijo Brad, asomado al borde del tanque.

Mi cuerpo no podía resistirse a las órdenes de Brad. Me puse en pie y me arrastré hasta donde Brad se en-

contraba. Se podría decir que casi caí contra el lateral del tanque.

Estaba lleno de un líquido turbio y pardo, y de una luz mortecina. Flotando en el centro apenas distinguí algo vagamente semejante a una forma humana.

Brad me dio unas palmaditas en la cabeza.

—Muy bien. Venga, vámonos a casa.

A él no le costaba nada decirlo, pero yo me caí un par de veces solamente por intentar subir las escaleras del sótano.

Él retrocedió para venir a ayudarme. Me rodeó el hombro y me acompañó ofreciéndome su apoyo durante todo el trayecto hasta la otra casa.

—Quizá te haya dejado demasiado tiempo en la silla —murmuró—. Mañana tendremos que ir con cuidado.

¿Mañana?

¿Qué quería decir con eso de «mañana»? ¡No podía pasar por eso otra vez! ¡No lo soportaría! ¡Tenía que encontrar una manera de escapar de todo eso!

—Mientras tanto será cuestión de que recuperes las fuerzas —me dijo Brad—. Estoy seguro de que tienes un hambre feroz.

Me ayudó a sentarme en una silla de la cocina y luego corrió escaleras arriba.

Le oía hablar con el resto de mi familia. No tardaron en bajar todos, algo aturdidos todavía por el sueño, pero con aspecto feliz y descansado. Mamá empezó a preparar una buena comida. Brad, Tyler y Alex se pusieron a mirar la tele, y papá salió a comprar el periódico.

Mamá hizo montones de mis platos favoritos. Yo pensaba que estaba demasiado cansada para comer, hasta que Brad dijo:

—¡Vamos, Randi, come!

Movía el tenedor del plato a mi boca a toda velocidad. Apenas saboreaba la comida, con lo rápido que estaba comiendo.

—¿No tienes más hambre?

El estómago me dolía de lo lleno de comida que estaba.

—Umpf —dije, con la boca llena de lasaña.

—Bueno, pues ahora ya puedes parar de comer.

Durante un rato me sentí de lo más agradecida con él. Tyler me miraba y luego miraba a Brad, y luego volvía a mirarme...

—Brad, te estás comportando de una manera muy extraña —le dijo—. ¿Por qué te preocupa tanto lo mucho que Randi coma?

—No quiero que se ponga enferma —le dijo Brad a mi hermano gemelo—. Me preocupo por ella.

—Aaah —dijo Tyler, con expresión atontada.

¡Tenía tantas ganas de contarle la verdad! ¡Quería explicarle que a Brad solamente le preocupaba tenerme a mí como calco humano! ¡Pero tampoco quería revolverme por el suelo con uno de esos dolorosos ataques de tos! Así que decidí mantener la boca cerrada... Al menos de momento.

Después de la cena Brad me deseó unas buenas noches muy especiales.

—Duerme bien —me susurró desde el umbral de la habitación después de que me lavara los dientes y me metiera en la cama—. Descansa y recupérate. Felices sueños.

A la mañana siguiente pensaba que tal vez todo había sido un sueño. La verdad era que al despertar me sentía muchísimo mejor que cuando me había ido a acostar. Todo el mundo parecía de buen humor. Brad actuaba con simpatía.

Seguía llevando la gorra de beisbol de Tyler, y se había puesto una camisa de manga larga en lugar de su camiseta de rugby, algo elástico de Tyler y pantalones cortos. También seguía llevando ese colgante.

No, enseguida comprendí que no había sido un sueño. Después del desayuno Brad nos ordenó a mí y a Tyler que corriéramos con él mientras nos pasábamos un balón.

—¡Mía, mía! —nos gritó Brad cuando iba a por un lanzamiento.

Pero tropezó con una piedra y cayó.

Cuando se levantó, había dejado en la tierra parte de la pierna.

Solté un quejido y le señalé la tira roja y macilenta de carne que colgaba de su pantorrilla.

Brad miró a su alrededor. Tyler nos daba la espalda, y Alex también estaba mirando hacia otro lado.

Brad corrió al interior de la casa. Un poco después volvió con unos pantalones tejanos largos y con unos guantes.

Después de la comida hizo que mi familia se echara otra siesta. Brad y yo volvimos al sótano de la casa vecina.

En cuanto llegamos allí corrí hacia el tanque.

El agua seguía pareciendo algo turbia, pero la forma sumergida en ella parecía más definida. Realmente tenía un perfil humano. Flotando en esa sopa ya no había ni rastro de carne picada, ni de chuletones, ni de huevos crudos, ni de fertilizante.

El líquido oscuro se clarificó un poco, y de pronto distinguí un rostro sin piel. Los globos oculares miraban hacia arriba desde las cuencas rojas, repletas de nervios y venas que las recorrían por todas partes.

Y entonces, mientras yo miraba con curiosidad, los ojos rodaron a un lado. ¡Y me miraron de hito en hito!

El corazón me dio un vuelco.

La criatura me estaba mirando.

¡Estaba viva!

CAPÍTULO 17

—¿Qué te parece? —me preguntó Brad—. Todo se está ensamblando la mar de bien, ¿no?

—Yo... Yo... —tartamudeé.

Ni siquiera con esos sorprendentes y variados instrumentos de que Brad disponía había pensado que sus planes pudieran funcionar. En cambio, era evidente que sí funcionaban. ¡En ese tanque había un cuerpo humano en formación!

—Anda, siéntate —me dijo, señalándome con el dedo pulgar la enorme silla rosada.

«¡Nooooo!», gemía yo interiormente. ¡No quería volver a sentarme en esa silla jamás!

Pero los poderes de Brad me forzaron a volver a subirme a ella. No podía separar los ojos del extraño cuerpo que se estaba formando en el tanque. Permanecí sentada y quieta mientras la silla me agarraba mediante los tentáculos y la flor azul.

Cuando Brad accionó el interruptor no intenté oponerme. Me repetía a mí misma que todo iba a acabar pronto.

Esa vez, cuando luego al fin apagó la máquina sentí que se había agotado mi energía. De raíz.

Él se inclinaba sobre el tanque de crecimiento.

—¡Buen chico! —le susurraba a lo que allí crecía—. ¡Buen chico!

En esa ocasión prácticamente tuvo que levantarme de la silla y devolverme a casa cargando conmigo.

Me di cuenta de que la piel de las mejillas de Brad empezaba a despellejarse, también. Su aspecto empeoraba a marchas forzadas. Pronto iba a mudarse a su nuevo cuerpo, ¡y entonces acabaría conmigo!

Pero yo no iba a permitir que eso ocurriese. En mi cabeza se estaba formando una idea. Una que podría permitirme deshacerme de Brad, y para siempre.

Se presentó a cenar con una venda alrededor de parte de su cara... ¡y nadie dijo nada! Utilizaba el col-

gante para hacer que mi familia viera lo que a él le interesaba que vieran.

Yo volví a cenar a dos carrillos, lo que puso muy contento a Brad.

«Muy bien —pensé—, sonríe, Brad, sonríe. Porque yo tengo un plan. Uno que no te va a gustar. Espero que funcione.»

En lugar de meterme en cama, coloqué bajo las sábanas unos cuantos cojines. Luego me oculté en el armario. Cuando Brad se asomó a la puerta cerré los ojos y me tapé las orejas con los dedos. Brad murmuró algo, pero esa vez no lo había oído.

¡Sí! Brad pensó que me había dado la orden de dormir, pero yo no la había oído, ni tampoco había visto la luz del colgante reluciente. Era libre. Por lo menos lo era hasta la mañana siguiente.

Una sesión más en esa silla rosada hubiera implicado mi muerte. Lo sabía, y punto.

De manera que si iba a salvar mi vida, tenía que hacerlo ahora. ¡Antes de que fuera demasiado tarde!

CAPÍTULO 18

Volví a pensar en las órdenes que me había dado Brad. ¿Habría algún modo de saltármelas?

Sí, ya sabía que tenía que obedecerle. Y no podía decirle a nadie nada sobre sus planes. Y no podía empequeñecerlo.

¿Qué era lo que sí podía hacer?

Bueno, Brad en ningún momento había dicho que no pudiera huir. Podía irme a algún lugar lejano... Algún lugar en el que no pudiera encontrarme.

Pero una vez allí, ¿cómo iba a vivir? ¿Y para comer? ¿Y para dormir?

¿Y qué ocurriría si Brad ponía a Tyler en la silla

rosada en lugar de a mí? Tenía a toda mi familia hipnotizada con ese colgante. Podría sorberle la vida a Tyler igual que lo hacía conmigo.

No. No podía huir. ¡Tenía que detener a Brad!

Bajé por las escaleras y salí por la puerta trasera tan silenciosamente como pude. Ni rastro de Brad.

Encontré una piedra y rompí la ventana de la cocina de la casa vacía. Así pude abrirla por dentro y entrar.

Después de investigar con cuidado comprendí que allí no iba a encontrar a Brad. Me dirigí de puntillas al sótano.

Toqué con las yemas de los dedos el globo de luz de Brad, y este lo iluminó todo con su luz verdosa y misteriosa. Los tentáculos rosados de la silla permanecían quietos. La unidad de energía zumbaba en medio del silencio.

«¡El tanque de crecimiento!», pensé.

Corrí hacia él para comprobar el estado del nuevo cuerpo de Brad.

El agua ya no se veía turbia en absoluto, con lo que se percibía muy bien el cuerpo que flotaba en el interior. Tenía piel y pelo en los sitios en que correspondía. Y resultaba de lo más evidente que aquella criatura estaba llena de vida, aunque en aquel momento durmiera.

En ese cuerpo Brad ya no se parecería a un *surfer* californiano. El nuevo cuerpo se parecía más a mí y a Tyler.

Tenía el pelo rizado. Y la cara tenía la misma nariz y boca que la de Tyler, las mismas cejas que yo. Podría ser nuestro trillizo.

O quizá simplemente el nuevo gemelo de Tyler, puesto que yo iba a desaparecer del mapa.

En eso consistía en síntesis el plan de Brad. Randi fuera, Brad dentro. «¡Ni hablar! —pensé—. ¡No puede apoderarse de mi familia! ¡Y yo no voy a dejarlos!»

Tiré de las cuerdas que conectaban el tanque a la unidad de energía y a la silla rosada. En un extremo del tanque encontré un grupo de cuadrados de colores. Los apreté con furia, con la esperanza de estropear esa máquina. Si lo conseguía, Brad no dispondría de ningún cuerpo al que mudarse... ¡Ni de tiempo para conseguir otro!

Una luz de colores relumbró a través del líquido del tanque. Al otro extremo se sucedían los chispazos, y el olor a quemado invadió mi nariz.

¡Estupendo, estaba consiguiendo estropear algo!

¡Mi plan funcionaba!

Seguí apretando más cuadrados de colores. Se suce-

dían los silbidos y los gorgoteos de la máquina. Los cables conectados al lateral del tanque soltaron chispazos.

Una ventanilla redonda se abrió en el extremo del tanque junto al que me encontraba, y un líquido claro y espeso empezó a caer sobre el suelo del sótano.

Me tapé la nariz. ¡Horror! ¡Alcantarilla, estiércol, moho! ¡Una combinación de los peores olores imaginables! Empecé a dar saltitos para evitar que todo aquel pringue me mojara los pies.

Y entonces la tapa del tanque se abrió.

El cuerpo del interior había quedado sobre el fondo del tanque vacío de líquido, desvalido.

¡Muy bien! ¡Ahora sí que lo estaba consiguiendo! Retrocedí y me volví para dirigirme a las escaleras. ¡No quería asistir a la agonía y muerte de ese cuerpo!

De pronto, un sonido horrible, un gorgoteo apabullante, llenó la estancia.

¿Qué ocurría allí?

Tenía que verlo para saberlo.

Me volví... ¡Y grité!

El cuerpo se había alzado en el tanque, con ojos enormes y blanquísimos. Tenía la boca abierta de par en par, y una gelatina amarilla le rezumaba por todo el

rostro, por el cuello, por el pecho, por los brazos... Se contoneaba a uno y otro lado, con la cabeza erguida, y se sorbía la nariz, o más bien husmeaba, husmeaba como un perro que busca un rastro...

—Uh... Uh... —gruñía.

Inhaló un par o tres de veces, muy profundamente, y por fin se lanzó hacia delante.

Cayó sobre el suelo del sótano con un terrible chapoteo sobre el suelo de duro cemento.

Y luego se puso en pie.

Y avanzó arrastrando los pies hacia mí, con las manos extendidas.

¡Oh, no! ¡Esa cosa horrible venía por mí! ¡Iba a matarme!

Me dirigí a las escaleras del sótano, ¡pero todavía estaba muy débil! ¡No podía avanzar tan deprisa como era necesario!

Los pasos pegajosos del monstruo sonaban justo por detrás de mí.

Llegué a las escaleras... ¡Demasiado tarde! ¡Las manos frías y mojadas del monstruo se estrecharon alrededor de mi garganta!

CAPÍTULO 19

Tiré de las manos calientes y pringosas del monstruo. ¡Era inútil! ¡Era demasiado fuerte! Luché por respirar, ¡pero el monstruo apretaba y apretaba, cada vez más fuerte!

Frente a mis ojos empezaron a deslizarse unas manchas oscuras. «¡No! —pensé—. ¡Se acabó! ¡Estoy en las últimas!»

El cuerpo aflojó un tanto su presa.

Aspiré con ansia. «¡Aire! ¡Oh, aire!», pensé.

La cosa me agarró por los hombros.

—¡Uh, uh! ¡Uh! ¡Uh! —decía, sacudiéndome.

Y entonces me tocó el pelo, y la espalda.

Me volví para mirarla.

En esos ojos tan extraños, tan blancos, empezaban a formarse unos iris gris pálido. Los puntos negros de unas pupilas flotaban en su centro.

—¿Uh? —preguntó esa cosa. Me tocaba la mejilla con una de sus manos pringosas y de olor rancio. Luego me tocó la boca—. ¿Uh?

Quizá no quisiera matarme, al fin y al cabo.

¡Quizá simplemente no sabía quién era yo!

—Está bien —murmuré con voz ronca. El cuello todavía me hacía daño—. Está bien, no pasa nada...

Pestañeó. Poco a poco parecía calmarse.

—Uh... Uh...

Le di unas palmaditas en la cabeza.

La boca abierta se le cerró para curvarse en una amplia sonrisa. De hecho, era una sonrisa idéntica a la de Tyler.

Me rodeó con sus brazos y me estrechó.

Bastante fuerte, pero sin hacerme daño.

Vaya. Qué raro.

Sentía un cosquilleo en los brazos. El pelo del cogote se me erizó. Lo que estaba ocurriendo era casi demasiado extraño como para pensarlo.

Esa cosa me tocó la mejilla, y yo toqué la suya. Sol-

tó algo parecido a un gorgoteo, pero muy musical. Parecía feliz.

Le di algunas palmaditas más en la cabeza.

—¡Monstruo bueno! ¡Monstruo bueno!

—Uh —volvió a murmurar, con otra sonrisa.

Y entonces lo comprendí. Esa criatura no sabía nada de nada. En el tanque parecía una persona que dormía, pero ahora me daba cuenta de que era como un bebé gigante. No sabía qué le estaba diciendo, y no podía hablar.

Brad tal vez intentaría darle órdenes por medio del colgante ese que llevaba, ¿pero cómo darle órdenes a algo que no podía entenderte?

—*Monnstuo wenno* —dijo.

—Monstruo bueno —repetí yo.

Y luego pensé que eso no estaba bien. ¡No debía enseñarle palabra alguna, porque luego Brad sería capaz de controlarle con ellas!

¡Un momento! Tal vez pudiera adiestrar a esa cosa para que le arrancara el colgante a Brad. Yo no podía hacerlo, porque Brad me tenía bajo control. Pero si Brad no pudiera controlar ese cuerpo...

Corrí al estante en el que Brad había dejado el resto del material extraterrestre del armario «prohibido». Busqué por todas las cajas.

¡Cuántas máquinas! ¡Y qué pequeñitas! Apreté la almohadilla negra de algunas, con lo que las hice crecer. No tenía ni idea de para qué servían, y en ese momento cada una de ellas me parecía amenazadora.

Reparé en un objeto rosado con forma de diamante que se parecía bastante al colgante hipnotizador de Brad, y que estaba atado a un cordón fino y negro. Me lo puse alrededor del cuello y me lo até.

El monstruo me siguió a los estantes. Revolvió por entre algunas cajas, también, sin dejar de gruñir. Intentó comerse un disco verde, pero se lo saqué de la boca antes de que se lo tragara.

¿Quién sabe lo que uno de esos artículos podía provocar en un estómago?

Guie al monstruo hasta las escaleras.

Había decidido que le enseñaría una palabra: «Toma.»

Le di una palmadita en el hombro. Luego lo llevé de la mano hasta el pie de las escaleras e hice que se sentara junto a mí en el escalón inferior.

Me empujaba con el hombro y me sonreía con la boca medio abierta.

¡Era como un enorme muñeco!

Tomé una de las manos del monstruo y la cerré alrededor de mi colgante rosado.

—Toma —le dije.

Envolví con mis manos la suya y levanté el colgante hacia arriba, para sacármelo. Una vez que el colgante estuvo fuera, le solté la mano.

El monstruo abrió la mano y miró el objeto rosado. Y entonces quiso lamerlo.

—No —le dije, apartándole la mano de la boca. Volví a tomar el colgante y me lo volví a poner alrededor del cuello—. Toma —le indiqué.

Hice que cerrara la mano alrededor del colgante y que la levantara de modo que me lo quitó del cuello sin estrangularme. Entonces le solté la mano.

Me miró durante un largo momento, y luego abrió la mano para mirar el colgante. Esta vez no intentó lamerlo.

Volví a apropiarme del colgante para empezar el proceso de nuevo.

No le costó demasiado trabajo entender qué pretendía yo con esas instrucciones.

Le di una palmada en el hombro, y él me correspondió con una gran sonrisa.

Ensayamos durante un rato más hasta que estuve completamente segura de que entendía lo que yo quería.

Cuando acabamos, estaba tan cansada que el simple hecho de estar sentada me resultaba demasiado agotador.

Y la verdad era que el monstruo también parecía muy cansado.

Bien, pero el caso era que por lo menos tenía un plan, y un ayudante.

Conduje al monstruo al otro lado del horno e hice que se instalara en el suelo. Supuse que allí estaría seguro durante el tiempo que estuviéramos separados. Le di unas palmaditas en la cabeza, y al cabo de un momento se quedó dormido. Aproveché una de las lonas alquitranadas que había por allí para que le hiciera de manta.

Pensé en los planes que tenía Brad de introducirse con su conciencia en ese monstruo.

Todavía no podía decirse que conociera demasiado bien al monstruo, pero me gustaba muchísimo más que Brad.

Si el monstruo se limitaba a hacer lo que habíamos ensayado, ambos estaríamos salvando nuestras vidas.

Cerré el tanque y volví a conectarlo a la unidad de energía y a la silla rosada, de modo que todo pareciera intocado. De todos modos, no podía hacer gran cosa

para borrar el olor acre del ambiente, ni para ocultar el charco que se había extendido por el suelo.

Empecé a dirigirme de vuelta a la casa.

La trampa ya estaba dispuesta. Todo lo que tenía que hacer era ir a mi habitación antes de que Brad se diera cuenta de que llevaba fuera toda la noche.

Llegué a las escaleras y miré hacia arriba.

Contuve la respiración.

¡Brad!

Estaba sentado en lo alto de las escaleras. Me esperaba.

Y no parecía demasiado contento.

CAPÍTULO 20

—¿Dónde has estado? —me gritó.

Parpadeé al mirarlo.

Iba completamente cubierto: calcetines y pantalones largos; camisa de manga larga; guantes; un pañuelo en la cabeza bajo la gorra de beisbol de Tyler, y otro que le tapaba la mitad inferior de la cara. Todo lo que podía ver de él eran los ojos.

—¿Dónde estabas? ¡Dímelo inmediatamente! —le gritó.

Manipuló el colgante alrededor de su cuello.

Destellos de luces de colores circularon como rayos por las paredes de la habitación.

¡No podía permitir que enfocara eso en mí!

Podía hacerme hablar sobre el monstruo, y sobre lo que habíamos ensayado, y...

Me volví y salí corriendo de la casa. Brad corrió detrás mío.

Oía que estaba a unos pasos. Miré un momento por encima del hombro.

Sus condiciones físicas no eran mucho mejores que las mías. Arrastraba un pie.

Durante un momento pensé en la posibilidad de bajar a la calle e intentar llamar la atención de alguien.

Pero no había coches. Era demasiado pronto.

Inspiré con todas mis fuerzas y corrí hacia la casa vacía.

Brad iba justo por detrás de mí cuando empecé a bajar las escaleras hacia el sótano. Me agarró por el hombro cuando llegamos abajo y tiró de mí para que me volviera.

—¡Oye! —gritó—. Pero bueno, ¿adónde te crees que vas?

Le empujé. Y mi mano se le hundió en el pecho, como si este fuera masa de galleta. ¡Horror! ¡Se estaba convirtiendo en un desecho! Se me revolvieron las tripas.

—¡Uf!

Brad se resintió del golpe. Intentó volver a agarrarme, pero yo me lancé hacia el horno.

Brad me agarró por la muñeca e hizo que me volviera. El colgante rosado brillaba en su otra mano. Me dirigió los reflejos hacia los ojos.

—Ya que tú estás aquí y yo también, solamente nos queda completar la operación. De todos modos ya no puedo esperar más. Eso te matará, pero no importa. ¡Necesito ese cuerpo! —Me empujó hacia la silla rosada—. Dile adiós al mundo, Randi. Estás a punto de abandonarlo... ¡para siempre!

CAPÍTULO 21

Miré por encima del hombro de Brad. Solamente tenía una esperanza: el monstruo. ¿Estaría despierto?

¡Sí! ¡Lo estaba! Por encima del hombro de Brad podía ver que avanzaba arrastrando los pies hacia nosotros.

¿Recordaría lo que habíamos ensayado?

Le sonreí.

Brad se dio cuenta de mi expresión. Al comprobar lo que tenía a sus espaldas se echó a gritar:

—¡No! ¡Noooo!

Me debatía para librarme de las manos de Brad.

—¡Monstruo! —grité—. ¡Toma!

El monstruo torció la boca para convertirla en una sonrisa y se acercó. Me miró en el pecho.

«¡No! ¡Aquí no! —pensé—. ¡Por favor! ¡Tiene que funcionar!»

—¡Monstruo! ¡Toma! —grité por encima de los gritos de Brad y señalando hacia él—. ¡Toma! ¡Toma!

El monstruo se inclinó hacia él y le quitó el colgante de la mano.

—¡Monstruo bueno! —grité.

Brad me soltó el brazo, y agarró el del monstruo, intentando que soltara el colgante.

El monstruo levantó el colgante, intentando sacarlo por la cabeza de Brad, igual que se lo había enseñado. Pero el cordón al que estaba sujeto era realmente fuerte, y se quedó prendido a la cabeza de Brad, por debajo de la barbilla.

El monstruo no podía entender por qué el colgante no se soltaba de Brad. Tiraba de él para aquí y tiraba para allá, arrastrando el cuerpo de Brad, echándolo a derecha e izquierda, como si fuera una muñeca de trapo.

Brad cayó al suelo. Los pañuelos y el gorro cayeron también en la intensidad de la lucha.

¡Uf! La mayor parte de la piel de Brad se despren-

día de sus huesos. Me dio una arcada. ¡Parecía un zombi, el cadáver descompuesto de una película de terror!

El monstruo puso un pie sobre la cabeza de Brad para hacer que se estuviera quieto, y luego arrancó por fin el colgante de su cuello.

¡Sí! ¡Ya sabía yo lo listo que era!

Me trajo el colgante enseguida.

—¡Buen chico! —Tomé el colgante y luego le di un abrazo.

—Uh, uh —dijo, correspondiendo a mi abrazo tal vez con un exceso de fuerza.

Levanté el colgante. Lo levanté e hice que su luz relumbrara en los ojos de Brad.

—¡Ya no tienes poder sobre mí! —dije—. Ahora soy yo quien te controla. No puedes levantarte del suelo... ¡Nunca! ¡No puedes levantarte del suelo! —repetí.

—¡Raaandi! —La boca en proceso de desintegración de Brad pronunció mi nombre en un gemido.

Se quedó en el suelo, retorciéndose. Tuvo un espasmo más fuerte. Los rasgos se le borraban. El cuerpo se le descoyuntaba.

—Me gustaba este planeta —susurró.

Su rostro humano empezó a desaparecer, dando paso de nuevo a su horrible cabeza de lagarto.

—Lo único que deseaba era quedarme aquí —dijo.

Volvió a agitarse violentamente. Luego el cuerpo se desintegró, y no quedó más rastro de él que un montón de cenizas.

CAPÍTULO 22

Brad se había ido. Pero había diseñado el cuerpo del monstruo para que durara.

Miré al monstruo. Él me sonreía, y yo no pude evitar corresponder a su sonrisa. Yo le gustaba. Realmente le gustaba.

Sacudí las ropas de Brad y enseñé al monstruo cómo ponérselas. Aprendía rápido.

Encontré las almohadillas negras tanto del tanque de crecimiento como de la unidad de energía y de la silla rosada. Desconecté todos los aparatos entre sí y empequeñecí las máquinas alienígenas hasta que encajaron perfectamente en las cajas de cartón.

El monstruo me ayudó a volver a llevar las cajas hasta nuestra casa. Las colocamos en el armario de lo alto de las escaleras.

El monstruo necesitaba una ducha, ¡vaya si la necesitaba! Y también algo que comer. Yo también comería algo.

Enseñé al monstruo cómo prepararse los cereales con leche. Los Frosted O's le encantaron, y solamente tuve que enseñarle cómo utilizar la cuchara una vez.

«Pronto será un humano con todas las de la ley», me dije. Él me sonreía con la boca llena de Frosted O's.

Mmm. ¿Cómo iba a hacerlo para que mamá y papá consintieran en adoptarlo? Estuve pensando un rato. En mis manos sujetaba el colgante rosado de Brad. Había visto cómo lo utilizaba bastante a menudo...

No pude evitar volver a sonreír. Rodeé con mi brazo los hombros del monstruo.

Sí. Desde luego que sí. No había ninguna duda. A Tyler y a mí nos iba a gustar tener un trillizo.